AF280676

Lissie macht alles für ihren geliebten Timo: Sie verwöhnt ihn, sie putzt seine Unterkunft, und sie unterstützt ihn bei der Ausübung einer lukrativen Tätigkeit: Er heiratet reiche, einsame Witwen, um diese möglichst bald zu beerben. Wer soll die alten Damen beseitigen? Natürlich seine Lissie.

Eine Weile hindurch klappt alles reibungslos. Timos Kontostand wächst in erfreuliche Höhen, und Lissie spielt ihm brav in die Hände. Bis sie eines Tages an eine Frau gerät, die sie gerne verschonen würde. Auf Lissies Weigerung, dieser Frau etwas anzutun, reagiert Timo ausgesprochen sauer. Nun ist auch Lissies eigenes Leben in Gefahr ...

Julia Geestendorf ist das Pseudonym der 1965 geborenen Autorin, die in ihrer Heimatstadt in Norddeutschland lebt. Sie hat bereits erfolgreich mehrere Kurzgeschichten veröffentlicht.

Die Handlung und alle handelnden Personen sind frei erfunden. Jegliche Ähnlichkeit mit lebenden oder realen Personen wäre rein zufällig.

Julia Geestendorf

Heimtückisch

Vertrauen heißt Sterben

Roman

Bibliografische Information der Deutschen Nationalbibliothek:
Die Deutsche Nationalbibliothek verzeichnet diese Publikation in der
Deutschen Nationalbibliografie; detaillierte bibliografische Daten sind
im Internet über http://www.dnb.de abrufbar.

Verlag: BoD · Books on Demand GmbH,
Überseering 33, 22297 Hamburg, bod@bod.de
Druck: Libri Plureos GmbH,
Friedensallee 273, 22763 Hamburg

ISBN: 978-3-8192-7621-7

*I*st dort schon wieder etwas zu Bruch gegangen, Anna?" Die dünne Stimme der Greisin jagte Lissie einen Schrecken ein, und sie fegte in Windeseile die Glasscherben zusammen, die sich großflächig in dem kleinen Raum neben der Küche verteilt hatten, in dem die Putzutensilien aufbewahrt wurden. „Können Sie sich nicht vorsehen? Wie ungeschickt Sie sind. Wie ein … ähm, ein Nashorn", tadelte die alte Dame sie. „Dagegen hilft die übertriebene Art, mit der Sie das Besteck in meinen Schubladen anordnen, auch nicht."

Lissie hatte eine Flasche Rotwein (eine ganz besondere Flasche, die sie noch für eine Weile verstecken musste) zu hastig auf das Regal an der Wand stellen und sie danach hinter die Müslipackung schieben wollen. Dabei war die Flasche ihren Händen entglitten, denn mit den Gummihandschuhen, die sie während ihrer Putztätigkeit trug, hatte sie die Flasche nicht fest genug im Griff gehabt.

„Es ist nichts passiert, verehrte Frau Gräfin", beeilte Lissie möglichst deutlich zur Küchentür zu rufen, denn dort war ihre Arbeitgeberin unerwartet aufgetaucht und verfolgte nun mit ihren altersschwachen Augen die eifrigen Bemühungen ihre Putzkraft, die Scherben im Mülleimer zu entsorgen und die rote Flüssigkeit von den Fliesen abzuwischen.

Fertig. Ächzend richtete Lissie sich auf; elende Rückenschmerzen plagten sie.

„Schon erledigt", beruhigte sie nun die alte Dame, die die einzige übrig gebliebene Scherbe von der Anrichte nahm, wo sie gelandet und Lissie leider entgangen war.

Die Gräfin hielt sich das Stück Glas dicht vor ihre trüben Augen und meinte verärgert: „Ausgerechnet diese edle Sorte musste dran glauben! Passen Sie in Zukunft besser auf, Anna. Auch bei mir wächst das Geld nicht auf den Bäumen."

Sie machte eine kurze Pause, dann schimpfte sie weiter: „Und wenn Sie bitte darauf achten würden, Anna, die Vase in meinem Wohnzimmer stets behutsam zur Seite zu stellen beim Staubsaugen. Sie hat bereits einen Kratzer!" Die Fünfundachtzigjährige blickte Lissie aus ihren altersschwachen Augen an. „Außerdem … was tüdeln Sie eigentlich schon wieder dauernd an ihrem Hals herum? Haben Sie Flöhe?" Sie kam näher: „Ach … Das ist das nur ein Anhänger. Ich hoffe, der behindert Sie nicht bei Ihrer Arbeit."

Lissie schüttelte wortlos ihren Kopf und ließ den künstlichen Marienkäfer in der Größe ihres Daumennagels, der an ihrer Halskette befestigt war, los. Er sank zwischen ihre Brüste, wo er sich kühl an ihre Haut schmiegte. ‚Käferchen, flieg', ging es ihr durch den Kopf. ‚Hier herrscht schon wieder Krieg, haha.'

Blöde Ziege, dachte sie und warf der Gräfin von Berneburg verstohlen einen genervten Blick zu. Blind wie ein Maulwurf, aber natürlich, die winzige Schramme an ihrer dämlichen Vase bemerkt sie. So schwerhörig, als würde sie Ohrstöpsel verwenden, aber das Klirren vom Glas vernimmt sie noch vom Flur aus. Dazu noch ihr blöder Spruch, dachte sie, zog eine der Küchenschubladen auf und betrachtete missgestimmt die von ihr am Vortag sorgfältig dort hineingelegten Messer, Gabeln und Löffel. Alles geradezu militärisch penibel in Reih und Glied, wie sie es schätzte. Übertrieben? Hm. Nein, ordentlich, dachte Lissie, hätte am liebsten alles herausgenommen und wild durcheinander in die Küche geworfen. Soll es dann doch liegenbleiben, wo es hinfällt, dachte sie. Nicht nur IM SCHRANK, sondern meinetwegen sogar OBENDRAUF, haha. Doch sie bezähmte sich und warf die Schublade mit einem lauten Knall wieder zu.

Also, nahm Lissie sich nach dem Anpfiff der alten Dame vor: Alles vorsichtig bewegen. Nirgends dranstoßen. Nichts umwerfen. Eben wie immer.

Das alles war ihr zwar bereits bei der Einweisung gesagt worden. Aber es wurde ihr bei jedem Dienstantritt erneut ans Herz gelegt. Als ob sie schon ebenso vergesslich wäre wie die tüdelige alte Dame, der sie sich unter dem Namen Anna vorgestellt hatte.

„Natürlich, verehrte Gräfin, mir ist bewusst, dass es sich bei der Vase um ein sehr wertvolles Stück handelt, mit dem man sehr vorsichtig umgehen muss. Machen Sie sich keine Sorgen, ich habe Achtung vor solchen Dingen", beruhigte Elisabeth ‚Lissie' Beigen ihre Arbeitgeberin, bei der sie seit einem Monat immer Montags, Mittwochs und Freitags putzte. An allen Dienstagen und Donnerstagen wirbelte sie durch die Villa einer etwas jüngeren Frau und sorgte dort für Ordnung. Nur das Wochenende war Lissie heilig, denn dann kümmerte sie sich um sich selbst und um ihren Liebsten, Timo.

Es war keine leichte Aufgabe, in der riesigen Villa, in der die pingelige Gräfin residierte, Ordnung zu halten. Sie fand meistens etwas auszusetzen. Fuhr mit ihren Fingern über jede Oberfläche. Stieg sogar extra auf eine Trittleiter hinauf und suchte die Schränke auch oben nach Staubflusen ab. Ignorierte Lissies Warnung, sie könne womöglich das Gleichgewicht verlieren, zu Boden fallen und sich ihre Knochen brechen.

„Nein, darum kümmere ich mich lieber persönlich; man weiß doch, wie schlampig das Personal ist", meinte die Gräfin stur und brachte Lissie damit auf die Palme.

Aber ihr Einsatz würde sich auch diesmal lohnen, wusste sie beim Anblick der teuren Einrichtung und exquisiten Einzelstücke, die der schon vor Jahren verblichene Gatte dieser reizenden alten Lady bei seinen Reisen aus fernen Ländern mitgebracht hatte. Erinnerungsstücke, an denen die Gräfin hing, denn sie waren nicht nur eine Menge Geld wert, nein, jeder Farbtupfer auf einer der vielen Bodenvasen, jedes von namhaften Künstlern angefertigte berühmte Originalgemälde und jeder noch so verschnörkelte Trödel von weit her ließ die einsame alte Dame an die Erzählungen des geliebten Verstorbenen denken. Mit verträumten Blicken strich sie sanft mit ihren zittrigen Fingern ein ums andere Mal über die Gegenstände, raunte zärtliche Worte und verdrückte so manche Träne.

Wenn ich mit den Gegenständen in meiner kleinen Einzimmer-Bude - ein Stück Freiheit, das ich noch nicht aufgeben möchte - ebenso umginge, ihnen liebevolle Berührungen zukommen ließe und mit ihnen spräche wie mit einem Menschen: Timo würde sich nach einem Platz in der nächsten Klapse für mich umsehen, dachte Lissie und musste sich jedesmal ein Kichern verkneifen.

Ach, Timo, überlegte sie, wie wirst du diesmal vorgehen? Wirst du die Alte in ein Bierfass stopfen, nachdem du ihr die Knochen gebrochen hast, damit sie dort hineinpasst? Und sie wie die vorige Kandidatin, die Platz in einer Dachbox gefunden hatte, anschließend auf der Müllkippe entsorgen? Naja, von dem dicken Erbe, das die dir hinterlassen hat, konnten wir uns unter anderem eine hochwertige Couchgarnitur leisten, die wunderbar in deine Villa passt, in der ich mich oft mit dir zusammen aufhalte. Auf dem Sofa sitzt man wirklich hervorragend, und selbst für unsere sonstigen ‚Turnübungen' bietet sie genug Platz.

Deine Villa ist das einzige Erbe, für das ich niemandem auf dem Gewissen habe, denn du hast das Anwesen von deiner wohlhabenden Oma Hermine übernommen. Die ist im gesegneten Alter von hundert Jahren eines natürlichen Todes gestorben, und deine Tränen waren echt. Sie war wirklich eine liebe Frau, die ich auch gemocht habe, und der ich niemals etwas zuleide getan hätte.

Geliebter Timo, dachte Lissie und erinnerte sich an die großartige Idee ihres Lovers, kaum dass er damals seine Unterkunft in einer WG aufgegeben hatte und in Hermines Villa eingezogen war: Zukünftig wolle er reiche Damen umgarnen und diese dann ebenfalls beerben. Wenn sie, Lissie, ihn dabei unterstützen würde, sie würde sich doch mit Giftmischungen aller Art auskennen als Apothekerstochter, hatte er gemeint. Sie war einverstanden gewesen, und seitdem bearbeiten beide gemeinsam wohlhabende einsame Seelen, damit Timos Konto noch mehr anwachsen konnte. Und damit er ihr, seiner Lissie, teure Geschenke machen konnte, denn knauserig war er nicht; er hing an ihr, dessen war sie sich sicher. Er fraß ihr geradezu aus der Hand. War beinahe ebenso anhängig wie die alten Damen, sobald diese sich in seinem Schatten sonnen durften. Sobald er sie betüdelt, wie man ein maunzendes Kätzchen betüdelt, dachte Lissie, und ihr schmaler Mund zeigte ein breites Grinsen.

Mit dem geringen Einkommen aus deiner Stelle als Aufsichtskraft im Museum könnten wir uns all den Luxus nicht leisten, Timo, und mit meiner Tätigkeit als Zeitungsausträgerin auch nicht. Da bringen unsere ‚Nebenjobs' deutlich mehr. Ich habe die Zeit, tagsüber bei den alten Damen zu putzen, und Timo kümmert sich in seiner Freizeit rührend um sie. Manchmal sogar um zwei gleichzeitig. Liebesschmalz wie am Fließband. Und bei mir gibt er auch den heißen Lover. Potentes Kerlchen, haha.

Mein Timo ist schon ein ganz besonders begabter Mann. Charmant, gutaussehend, wortgewandt – und berechnend, dachte sie. Ein Heiratsschwindler erster Güte, und ich leiste die Vorarbeiten, indem ich die alten Schnaken zunächst ausspioniere und dann um die Ecke bringe. Meist reicht ein wenig Gift, und die schwächlichen Greisinnen geben den Löffel ab. Das Erbe geht dann an Timo, den trauernden Witwer.

Demnächst können Timo und ich unser zehnjähriges Jubiläum feiern. Zehn Jahre hindurch putzen gehen, zehn

Jahre lang gebrechliche Körper entsorgen, das mittlerweile ... Lissie zählte an ihren Fingern ab. Das mittlerweile achte Opfer beerben. Was wir beiden doch für ein tolles Team miteinander bilden!, freute sie sich. Da ist aber ein besonders großer Rosenstrauß fällig, Timo. Und ein Besuch bei unserem Lieblings-Italiener. Dort können wir uns in aller Ruhe neue Namen für uns überlegen, denn jede der reichen Damen lernt uns jeweils unter einem anderen kennen. Im Fälschen unserer Ausweise hat Timo Übung, diese können wir bedenkenlos vorlegen. Ich meinen beim Vorstellungsgespräch, Timo seinen beim Standesamt. Er sollte sich mal wieder ein neues Outfit für die Hochzeitsfeierlichkeiten zulegen, der alte Anzug wirkt allmählich schon etwas abgetragen. Darin schreckt er die Hochzeitsgäste ab, selbst wenn die Sehschärfe seiner betagten Braut schon nachgelassen hat.

Jetzt aber fleißig die elenden Staubfänger in Madames Wohnzimmer-Vitrine mit einem Tuch entstauben – jeden Schnörkel extra -, danach saugen, dabei bloß keine der Vasen umfallen lassen und gegen Mittag im Briefkasten nachsehen, ob ein weiterer Liebesbrief von Timo eingetroffen ist, trieb Lissie sich an. Danach verzehrt die Gräfin sich ja geradezu. Erhält sie keinen Brief, ist sie unausstehlich und triezt mich, ihre Putzfee, wann immer sie kann. Verschüttet absichtlich ihren Tee auf der feinen hellen Tischdecke und schnauzt mich an, ich solle die Tasse doch bitte nicht immer so schräg auf den Unterteller stellen, da müsse diese doch umkippen! Verstreut unzählige Kekskrümel auf Couch und Teppichboden und lässt mich erneut zum Staubsauger greifen.

Mich, ihre dämliche Minna, dachte Lissie erbost und stellte sich vor, wie die zierliche Gräfin demnächst vermutlich in einem Bierfass ruhen würde. Geschähe ihr recht, dachte sie.

Ein echter Marienkäfer, den sie sanft auf einem Regal abgesetzt hatte, krabbelte so eilig davon, als habe er Angst, auch er könne in einem Fass enden.

Timo Wedward hievte ächzend das alte Fass aus dem Keller seiner Villa die Treppenstufen herauf und setzte es oben schwer atmend im Hausflur ab.

Ich werde auch nicht jünger mit meinen fünfunddreißig Jahren, dachte er und schnitt seinem Spiegelbild eine Fratze. Aber Hauptsache, ich bin für die runzligen Alten auf Männerfang noch attraktiv genug. Meine neueste Eroberung, die Gräfin von Berneburg, ja, die himmelt mich ja förmlich an! Meine Güte, wäre die jünger, Lissie könnte eifersüchtig werden bei dem Geschmalze, mit dem ich diese Olle umwerbe. Ich werde nie begreifen, wie diese alten Mümmelgreisinnen sich einbilden können, von mir geliebt zu werden. Wenn ich an die gelegentlichen Nächte denke, in denen ich diesen faltigen Körpern Vergnügen bereiten muss – ich könnte ko … Dafür entschädigt mich dann meine Lissie, jung und schön und knackig mit ihren neunundzwanzig Jahren. Bei der geht die Post ab, während die Gräfin mir wie ein lahmer Ackergaul vorkommt, haha.

Aber für den schicken Porsche, der im Autohaus meines Vertrauens auf mich wartet, für den werde ich das alles auf mich nehmen, wusste Timo. Ich werde wie gewohnt den Charmebolzen spielen, der das Herz der Gräfin heftiger schlagen lässt. Ich werde den patenten Boy geben, der ein nach Lissies Einsatz schief an der Wand hängendes Ölgemälde wieder gerade rückt, ich werde die Alte jeden Tag mit einem vor Erotik triefenden Gedicht vor

Verlangen kirre machen und – ich werde ihr schließlich die morschen Knochen brechen und sie in dieses Fass hier stopfen, in dem sie danach ihre letzte Reise zur Mülldeponie antreten wird.

Aufatmend kippte Timo das Bierfass auf die Seite, rollte es dann mit seinem Fuß behutsam über die Fliesen im Flur, öffnete die Haustür, hob es die wenigen Trittstufen hinunter ins Freie und verbarg es im Kofferraum seines geräumigen Vans, den er unmittelbar vor dem Haus geparkt hatte.

Sobald Lissie demnächst die zickige Gräfin mit einem ganz besonderen ‚Liebestrank‘ in ewigen Schlaf versetzt hätte - ein feuriger Brief von ihm, ihrem Lover, würde die Gräfin das Gesöff bedenkenlos hinunterstürzen lassen-, sobald also Lissie ihren Teil der Teamarbeit erledigt hätte, würde er in der nächtlichen Dunkelheit zum Domizil der Toten fahren und sie dort in das Fass laden, während Lissie verdächtige Spuren sowie den Brief vernichten würde. Dann ginge es unauffällig mit dem Fass und der Gräfin darin zurück zu seiner eigenen Unterkunft, wo er den Van bis zum folgenden Tag in seiner Garage stehen ließe. Und dann … Abfahrt zur Deponie. Kofferraum auf, Fass rauswuchten, entsorgen. Und bald darauf dürfte er sich über die Nachricht freuen, dass er nun der Alleinerbe sei. Und Krokodilstränen bei der Beisetzung haben. Er, der untröstliche Witwer. Schluchz.

In zwei Wochen steigt die Hochzeit, zu der traurigerweise nur noch zwei der Gräfin nahestehende Menschen kommen werden, überlegte er. Menschen, die Lissies Nachforschungen zufolge nicht mit der Gräfin verwandt gewesen sind und von ihr auch nicht im Testament bedacht wurden. Geschickt wie immer ist meine Lissie an diese Informationen herangekommen. Mein Goldesel, dachte Timo.

Wie bedrückend, wie allein man mit zunehmendem Alter wird. Die Angehörigen hat man überlebt, Kinder gibt es nicht, die Freunde werden auch weniger. Man bleibt allein über und fällt schlimmstenfalls auf Betrüger herein. Lässt sich blenden und vertraut Gaunern wie Lissie und mir, nur um die Einsamkeit zu überwinden.

In seltenen Momenten musste Timo solche trüben Überlegungen niederkämpfen und sich einreden, dass die betagten Damen ohnehin nicht mehr viel zu erwarten hätten außer elendes Dahinsiechen in einem Krankenbett, an piepsende Geräte angeschlossen und von muffeligen, überlasteten Krankenschwestern gepflegt. Ohne Zukunftsaussichten. Den Tod vor Augen.

Das alles erspart ihnen Lissie, indem sie sie sanft einschlummern lässt, besänftigte er dann sein Gewissen und lenkte sich mit dem erfreulichen Anblick auf seinen Kontostand ab.

,Arm geboren werden kann man, aber arm sterben muss man nicht', war sein Motto. Außerdem kann man sein Geld auch für sich arbeiten lassen, dachte er, setzte sich vor seinen Computer, fuhr ihn hoch und ging online auf eine Seite, auf der die aktuellen Aktienkurse live angezeigt wurden.

Mit den Worten ,nun soll es Asche regnen!" begann er, konzentriert zu zocken. Starrte intensiv auf den Bildschirm, nahm nicht einmal das Gewitter draußen wahr, reagierte nicht auf das penetrante Klingeln eines Hausierers an seiner Wohnungstür und versenkte sich gedanklich völlig in der Zahlenwelt.

***

Zwei Stunden später war er um achttausend Euro reicher, hatte allerdings bei einer seiner Transaktionen an der Börse eine Schlappe hinnehmen müssen.

Sei's drum, dachte er, unterm Strich ist mein Kontostand gewachsen. Und ich kann dabei reich an Erfahrung werden, haha.

Wenn ich häufiger solch eine Glückssträhne wie heute habe, muss ich alte Krähen irgendwann nicht mehr bespringen. Lissie muss keinen edlen Wein mehr in eine Giftbrühe verwandeln. Und wir müssen keine schlaffen, runzligen Gestalten anschließend heimlich entsorgen. Für genug Asche ist dann gesorgt, haha. Für mich ... und wenn ich gut gelaunt bin, kriegt Lissie auch mal einen neuen Ring von mir geschenkt.

Lissie, die mit Begriffen wie ‚Soll' und ‚Haben' auf dem Konto nichts anfangen kann, wird gar nicht merken, dass ich soeben eintausend Euro von ihr in den Sand gesetzt habe.

Sie überprüft ihren Kontostand so selten, dass sie nie genau weiß, wieviel ihr eigentlich gehört. Solange ihre Bankkarte nicht wegen Kontoüberziehung gesperrt wird, macht sie sich keine Gedanken um Papierkram. Und so unregelmäßig, wie ich mich an ihrem Konto vergreife, fällt es ihr sowieso nicht auf, dachte er siegessicher. Sie ist

18

doch selbst schuld, wenn sie mir eine Kontovollmacht erteilt.

Vertrauensseliges Schaf.

A ch, Anna, dass ich das noch einmal erleben darf!",
seufzte die Gräfin von Berneburg und wischte sich
mit einem spitzenbesetzten Taschentuch ein paar Tränen
der Rührung von ihren faltigen Wangen.
Lissie nickte. „Ja, verehrte Gräfin, das Ja-Wort gibt man
einander nur, wenn der richtige Mann vor einem steht."

„Mein Valentin ist der Richtige", bekräftigte die alte
Dame, und ihre altersschwachen Augen begannen zu
leuchten. „Sie ahnen nicht, wie belesen er ist. Und wie
sehr er gerade dieses Gemälde schätzt." Sie deutete mit
ihrem Zeigefinger auf eine Landschaft, die sich in
Ölfarben über eine riesige Leinwand ergoss, die die
gesamte Fläche an der Wand über einem altmodischen
Sekretär ausfüllte. Ein ‚Kunstwerk', das alles regelrecht
optisch erschlägt, dachte Lissie, behielt jedoch ihre
Meinung tunlichst für sich.

Ja, Valentin alias Timo, der als Kind höchstens in
Comics geblättert hat, weiß sich als Kenner der
Weltliteratur zu geben. Er zieht sich Zusammenfassungen
der Werke berühmter Autoren im Eiltempo im Internet
rein und schwafelt anschließend den alten Damen die
Ohren mit irgendwelchen aufgeschnappten Details voll,
bis diese meinen, einem wahren Büchernarr gegenüber zu
stehen, dachte Lissie.

Timo, der nicht mehr als einfache Strichzeichnungen
zustande bringt und in der Schule eine Fünf im Fach Kunst

gehabt hat, begleitet seine angeblich große Liebe, ein runzliges Exemplar der Damenwelt, zu Ausstellungen. Fabuliert dort beflissen über die angeblich so gelungene Linienführung und über die ach so schöne Zusammenstellung der Farbtöne. Ja, er gerät ins Schwärmen beim Anblick einer Landschaftsszene, die ihn in Wirklichkeit vollkommen langweilt. Er tritt einige Schritte zurück, um das Gemälde seinen Worten nach besser beurteilen zu können, geht wieder nach vorn, wieder zurück … Und erzählt dummes Zeug.

Findet die alte Dame etwas langweilig, so kann auch er der Sache nichts abgewinnen. Begeistert sie sich hingegen für einen Gegenstand, dann ist er ebenfalls Feuer und Flamme und hebt das Ding in den Himmel.

Der dreht sich in die passende Richtung wie eine Wetterfahne, dachte Lissie manchmal spöttisch, wenn Timo ihr erzählte, wohin seine Verlobte ihn nun wieder geschleppt hatte. Womit sie ihm diesmal begeisterte Sprüche entlockt hatte. In welcher Aufführung er ein Gähnen hatte unterdrücken müssen bei den vielen Arien auf der Bühne und dem Geschnatter der alten Dame neben sich. Welche Farbkleckse in welcher Galerie sie ihm gezeigt hatte. Welches Kapitel aus welchem berühmten ‚Schinken‘ in ihrer hauseigenen Bibliothek er der sehbehinderten Alten diesmal hatte vorlesen müssen. Selbstverständlich mit der korrekten Betonung und den Pausen an den richtigen Textstellen. Und dabei musste er das Gehirn einschalten und das Textgeschmiere inhaltlich aufnehmen, um anschließend kluge Kommentare absondern zu können. Man will ja als belesen gelten, haha.

Nicht als ein Fast-Analphabet, der über die Sprechblasen in Comics nicht hinauskommt.

Was für ein Heuchler Timo doch ist. Und was für eine verlogene Schlange ich selbst bin, gestand Lissie sich in ihren ehrlichen Augenblicken ein. Erkannte ihre Fehler und schämte sich ein wenig, bis sie an den nächsten Einkaufstrip an Timos Seite dachte und sich ausmalte, wie gut ihr das elegante Sommerkleid stehen würde, das im Schaufenster in der Bahnhofstraße zur Zeit ausgestellt war. Welche der hochpreisigen Handtaschen sie sich demnächst aussuchen würde … Und wohin sie die langersehnte Kreuzfahrt führen würde. Die zittrige Altfrauenstimme ihrer Arbeitgeberin holte Lissie in die Gegenwart zurück.

„Möchten Sie gern einen Blick auf mein Brautkleid werfen, liebe Anna?", erkundigte sich die Gräfin von Berneburg. Sie erhob sich von ihrem Rokoko-Sessel.

Verschnörkelt, aber furchtbar unbequem, hatte Lissie sich bei einer heimlichen Sitzprobe auf diesem Sitzmöbel gedacht. Auf dem Teil hockt die Alte am liebsten und bekommt davon bestimmt noch mehr Falten am Hintern, haha. Was für einen gruseligen Geschmack die hat.

Sanft lächelnd erwiderte die ‚liebe Anna': „Aber sehr gern würde ich es bewundern, verehrte Gräfin. Ich fühle mich geschmeichelt, dass Sie mir kleinen Putzkraft diese Freude bereiten!"

Sie folgte nun der Gräfin zu deren Ankleideraum und blieb sittsam vor der Tür stehen, denn die alte Dame schätzte es nicht, beim Umkleiden beobachtet zu werden. Verständlich, das mag ich selbst nicht, gab Lissie zu, obwohl ich mich noch eher sehen lassen kann mit meinem straffen Körper. Sagt Timo auch immer: Das ist wie der Vergleich zwischen einem verschrumpelten und einem frisch gepflückten Apfel.

„Voilà. Nur das Edelste für diesen Anlass", säuselte die Gräfin, als sie wieder hervorkam, auf Lissie zuschritt und dabei mühsam eine Drehung versuchte. Eine Drehung, die den alten Körper sichtlich überforderte, aber Lissie wusste aus Erfahrung, die stolze Gräfin würde sie gereizt anfahren, sollte sie es wagen, ihr hilfreich den Arm anzubieten.

Dann soll sie eben hinfallen, sie will es ja nicht anders, dachte Lissie, als die Gräfin beinahe über ihre eigenen, in hochhackigen Schuhen steckenden Füße gestolpert wäre.

Sneakers wären praktischer, wenn man sich ohnehin kaum noch auf den Beinen halten kann, lag es Lissie auf der Zunge, doch natürlich verbiss sie sich diese Bemerkung und lobte stattdessen: „Das Kleid lässt Sie viel jünger erscheinen, Frau Gräfin, ihr Verlobter bekommt aber eine ansehnliche Braut!"

„Danke", meinte die Gräfin zunächst zögerlich und setzte dann etwas selbstsicherer hinzu: „Ich meine, ich sehe so jung aus, wie ich mich in Valentins Nähe fühle. Dieser Mann ist mein Jungbrunnen", schwärmte sie. „So sollte jede Frau sich mindestens einmal in ihrem Leben fühlen dürfen. Mein verstorbener Gatte dagegen war ..." Sie überlegte. „Er war eben nicht so schwungvoll, sondern eher bedächtig. Hatte gute Seiten, allerdings, doch ..."

Sie verstummte und warf Lissie einen nachdenklichen Blick zu. „Valentin sprüht förmlich vor Leben, wissen Sie. Er wird aus mir wieder das übermütige Fräulein machen, das ist einst war! Den kichernden Backfisch, wie man damals fröhliche junge Damen nannte."

Irrtum, dachte Lissie. Er wird dein Tod sein, dein vorzeitiger Tod. Derjenige, auf dessen Konto sich danach DEIN Geld befinden wird. Der Kerl, mit dem zusammen ich hoffentlich endlich eine Schiffsreise genießen werde. Falls ich ihn dazu überreden kann und der dämliche knallrote Porsche, auf den er scharf ist, nicht zuviel verschlingt … Ist doch nur ein Stück Blech. Mit mir hätte er mehr Spaß.

„Genug der Vorfreude", blaffte die Gräfin ihre Angestellte plötzlich in altbekannter Manier an. „Die Fliesen im Flur sind noch nicht gewischt."

Brav senkte Lissie ihren Kopf und trollte sich davon, um den Wischmopp zu holen.

Meinetwegen kann die Alte ruhig auf den noch nassen, glatten Fliesen ausrutschen. Das würde mir die Giftmischerei ersparen und außerdem ein narrensicheres Alibi verschaffen. Am besten wische ich gleich nach der vollzogenen Eheschließung mal besonders gründlich durch und rede der Gräfin ein, wie gekonnt sie doch in ihren Stöckelschuhen über den Flur zu schweben weiß, ihr Valentin würde jedesmal voller Verlangen zusehen.

Dann soll sie ausrutschen und sich dabei den Schädel zermatschen auf den harten Fliesen. Ich rufe sofort den Notarzt an, in meiner Stimme einen verzweifelten Klang. Doch leider ist es zu spät. Die Gräfin verstirbt bei dem tragischen Unfall.

Ihr Gatte Valentin wird sich aufschluchzend über ihre Leiche werfen, sobald er nach Hause geeilt ist. Am Grab wird er ganze Tränenbäche vergießen. Beim Blick auf sein Konto später Freudentränen.

Ihr armes Putzmädel – also ich – wird sich nach einem anderen Job umsehen müssen.

***

„Nee", lehnte Timo ihren Vorschlag ab, als Lissie am folgenden Tag in seiner Küche stand, wo sie Obst für einen Salat kleingeschnippelt hatte; sie wusch sich ihre Hände.

„Diesmal verwendest du noch die Giftmischung. Die andere Idee kannst du später mal in die Tat umsetzen."

„Meinetwegen", gab Lissie nach und machte sich Stichpunkte in ein abgegriffenes blaues Büchlein, in das sie jeden ihrer Gedankenblitze vermerkte. Für die spätere Verwendung. Für ein weiteres argloses Opfer.

Erneut spülte sie sich die Hände ab, drehte den Hahn zu.

„Lass endlich gut sein!", blaffte Timo sie plötzlich an. „Machst noch die Dichtung kaputt. Bist doch irre mit deinem Wahn! Ich besorge dir die Telefonnummer eines Psycho-Quacksalbers, damit du endlich wieder auf die richtige Spur gesetzt wirst", geiferte er.

Sein bedrohlich erhobener rechter Arm über ihrem Kopf brachte Lissie rasch dazu, den Warmwasserhahn über dem Spülbecken loszulassen, den sie fest umklammerte.

Soll er doch tropfen, dachte sie, obwohl ihr klar war, dass er eben NICHT tropfte. Und schaute beim Verlassen der Küche automatisch zum Herd hinüber. War der auch wirklich aus?

D ie von der Gräfin ersehnte und von Timo tapfer
ertragene Hochzeit fand statt. Der große Tag
begann, wie alle Tage – jedenfalls fast alle - begannen.
Für die Gräfin mit einem ausgedehnten Frühstück, dem die
sorgsame Ankleide der Braut mit Unterstützung einer
eigens dafür gemieteten Beraterin folgte, die die alte Dame
bis ins I-Tüpfelchen ausstattete.

Für Lissie mit einem hektisch geschlürften Kaffee an
Timos Küchentisch, an dem sie sich verschluckte und
minutenlang husten musste.

Für Timo mit einem Schnitt beim Rasieren. Er fluchte
herzhaft und warf sich danach als zukünftiger Bräutigam
zu Lissies Bedauern erneut in seinen alten Anzug.

„Schaust aus wie ein Penner, der gerade aus einem
Abflussrohr gekrochen ist", neckte Lissie ihn und strich
über eine schadhafte Stelle an seinem linken Ärmel. Zog
absichtlich ein kurzes Fädchen immer länger, riss es
schließlich ganz heraus und hielt es Timo vor die Augen.
„Muss ein reicher Mann … ein demnächst reicher Mann",
verbesserte sie sich, „muss der solche Klamotten tragen?
Würdest du die auch zu unserer Hochzeit anziehen?",
fühlte sie ihm auf den Zahn.

„Nee, natürlich nicht!", erwiderte Timo und betrachtete
den nun sichtbaren Riss im Ärmel so intensiv, als habe er
ihn noch nie bemerkt. „Dann stattest du mich garantiert
mit feinstem Zwirn aus, mein pingeliges Mäuschen",

raunte er Lissie ins Ohr und drückte sie herzhaft an sich. „Aber bei der alten Schnake …"

„Da lohnt sich der Aufwand nicht, meinst du", vervollständigte Lissie. „Keinerlei Achtung vor deiner Braut, tss tss", machte sie mit gespielter Empörung. „Dabei hat die Gräfin sich doch in einen besonders rüschigen Fummel geworfen. Sie wird lange weiße Handschuhe tragen, und auf ihrem sorgfältig frisierten Haar wird ein großer Kompotthut mit künstlichem Obst thronen", kündigte sie an.

„Solange sie mir anschließend keinen Obstsalat serviert, meinetwegen", meinte Timo mit einem verschmitzten Grinsen im Gesicht.

„Sie lebt eben gesund", gab Lissie lachend zurück. „Außerdem darfst du bald ganz besondere Früchte ernten, haha. Diese werden auf deinem Konto wachsen, vergiss das nicht."

„Jaaaa!", machte Timo und ärgerte Lissie, die sich noch einmal umgedreht hatte, nachdem sie beide durch die Küchentür hinaus auf den Flur gegangen waren.

„An … Aus … An … Aus, Frau Beigen. Definitiv AUS, haha." Seine Worte begleiteten ihr Ein- und Ausschalten des Lichtschalters.

Lissie zog eine Grimasse. Immerhin ist er gut gelaunt, dachte sie erleichtert und begleitete ihn nach draußen.

***

„Sag JA", flüsterte Lissie unhörbar, als sie als einer der Zuschauer das Hochzeitsritual verfolgte, das zwischen den üppigen Blumenrabatten in dem Garten stattfand, der die Villa umgab. Nervös drehte sie mit ihrer rechten Hand einen zierlichen Ring an ihrem linken Ringfinger hin und her, auf dem eine winzige Figur befestigt war, die einen Marienkäfer darstellte. Ein Geschenk, den Lissie sich selbst gemacht hatte, denn Timo fand so etwas kitschig.

Eingeladen zu der Feier hatte die Gräfin ihre Putzkraft natürlich nicht, also legte Lissie auch keinen Wert darauf, zufällig von ihrer Arbeitgeberin erkannt zu werden. Getarnt mit einer Sonnenbrille und einem Strohhut, umringt von neugierigen Spaziergängern, stand sie an dem hohen schmiedeeisernen Zaun, der den Garten umgab, und spähte durch die Gitterstangen hindurch.

„Sie hat JA gesagt, ich hab's gehört", raunte jetzt eine weibliche Stimme neben ihr, und eine junge Mutter mit einem Kinderwagen warf begeistert beide Arme in die Luft. „Hach, wie romantisch", seufzte sie ergriffen.

Erneut drehte Lissie an ihrem Ring; die kleine Figur darauf blitzte kurz auf im Sonnenschein.

„Is' ja hier mehr Action als im Kino! Wie aufgestylt die Alte is', die macht 'nem Weihnachtsbaum Konkurrenz", meinte ein Teenager, der im Hintergrund auf einem Baumstumpf balancierte und die Szene auf seinem Smartphone bannte. „Ich hab den Typen dort … ähm, den Bräutigam, gefragt. Ich darf das", besänftigte er einen älteren Mann, der ihn vor der Verletzung der Persönlichkeitsrechte beim Filmen warnen wollte. „Kein Problem, wenn ich ihm", der junge Mann deutete auf Timo, „wenn ich dem da die Aufnahmen überlasse. Er hat mir seine Mailadresse gegeben."

„Alles Schwachsinn. Der schönste Tag im Leben war meine Scheidung", stänkerte da ein Mann lautstark. „War ich froh, meine Olle endlich los zu sein, glaubt es mir! Die hatte immer etwas auszusetzen."

„Kenn ich, kenn ich", bestätigte ein anderer. „Mit einem solchen Drachen bin ich seit dreißig Jahren verbandelt. Wenn ich nicht meine andere Schnitte hätte – die ist gut gebaut und hält ihre Klappe …"

Ups, dachte Lissie, offene Worte nach eine langjährigen Ehe. Naja, sooo lange hat noch keine von Timos Ehen gehalten, haha. Ein weiterer Dreh am Ring; wieder wurde ein Sonnenstrahl reflektiert, der auf den künstlichen Käfer traf.

„Das junge Glück dort drüben ist ja gar nicht mehr so jung. Also ich wünsche den beiden noch viele gemeinsame schöne Jahre", meinte die junge Mutter energisch. Strich sorgfältig die leichte Decke über ihrem Baby glatt, schob den Kinderwagen aus der Menschenmenge heraus und ging davon.

„Was findet ein adretter junger Mann nur an einer deutlich Älteren?", überlegte der Mann, der sich über seine Scheidung geäußert hatte. „Steht der etwa auf solch ein faltiges Knochengestell? Was hat die denn noch zu bieten außer einem Adelstitel und einer dicken Villa? Ein Balg ansetzen kann die auch nicht mehr."

Die giftigen Blicke aus der Menschenmenge ließen ihn endlich verstummen. Er räusperte sich, schüttelte verständnislos seinen Kopf, rückte seine Kappe darauf zurecht und drängte sich zwischen den Leuten hindurch, zwischen denen er eingezwängt gewesen war.

Lissie meinte noch, ihn leise ‚der Kerl einfach ist geldgeil‘ murmeln zu hören, als er sich über den nahen Waldweg entfernte.

Recht hast’ ja, dachte Lissie belustigt. Weißt gar nicht, wie sehr. Das Bierfass wartet schon.

Der kleine Marienkäfer auf ihrem Ring schien ihr zuzuzwinkern.

*D*er Alltag kehrte bald wieder ein. Ein wenig verändert für den frischgebackenen Ehemann, der nun an der Seite der Gräfin von Berneburg in der prächtigen Villa wohnte. Seine eigene Unterkunft habe er vermietet, erklärte er seiner neugierigen Ehefrau, verkaufen wolle er sie zunächst noch nicht.

Ist natürlich gelogen, verkaufen wird Timo sein Haus niemals, dachte Lissie, sondern stattdessen möglichst bald wieder darin wohnen. Sich mit mir zwischen den Bettfedern austoben bei jeder Gelegenheit.

Eine Möglichkeit, die Gräfin loszuwerden, ergab sich wenige Wochen nach der Hochzeit.

Morgens, zwischen einem Einsatz mit dem Putzeimer und eifrigem Wischen mit dem Staubtuch, mogelte Lissie heimlich von ihr mitgebrachtes Gift in eine Weinflasche hinein – die ursprünglich dafür vorgesehene, bereits präparierte Flasche hatte sie ja zerbrochen. Die Gräfin plante nämlich, am folgenden Nachmittag gemeinsam im Kreise ihrer alten Bekannten Wein zu trinken, wie sie ihrem Gatten Valentin erzählt hatte. Und zwar aus einer besonders teuren Flasche, einer vornehmen Person wie ihr, der Gräfin, angemessen, hatte sie erklärt. Diese Flasche wurde gut von Lissie versteckt, als der Gifttrank fertig zusammengemixt war.

„Natürlich werde ich meinen Besuchern, zwei Männern und drei Frauen, eine günstigere Variante Wein anbieten, man muss doch sparen; der gute Schluck ist mir allein vorbehalten. Nach langer Zeit kommen diese Personen mich endlich wieder einmal besuchen, aber sie alle sind von einfacher Herkunft und haben keinerlei Ahnung von Weinsorten. Recht süffig muss er sein, das wird ihnen reichen, anspruchslose Naturen, die sie sind", erklärte die Gräfin von Berneburg ihrer ,lieben Anna' herablassend, als ihre Putzperle die übrigen, harmlosen Weinflaschen hervorholte und vor der Gräfin auf die Anrichte stellte.

„Es sind alte Schulkameraden und es gibt sicherlich eine Menge zu erzählen, Valentin kann sich wohl vorstellen, dass es bestimmt eine launig Runde von Grauköpfen ist, haha", fuhr sie fort, strich andächtig über die Etiketten mit den Bezeichnungen darauf, die sich an den Flaschen befanden, und fummelte dann an der sichtlich teuren Perlenkette herum, die um ihren faltigen Hals hing.

An ihren Gatten gewandt, der neben den beiden Frauen stand, meinte die Gräfin jetzt: „Eine solche Runde würde dich, mein Liebster, wohl nur langweilen. Außerdem bist du ein wichtiger Mann und solltest an deinem Arbeitsplatz nicht fehlen", schloss sie mit einer Miene, als habe er sie in eine saure Zitrone beißen lassen. „Trotz allem wäre es schöner, wenn du als mein Gatte hier anwesend wärst", setzte sie hinzu.

Timo erwiderte: „Ich verstehe dich, meine Liebste. Jedoch, die Pflicht ruft." Er machte eine kurze Pause und setzte dann fort: „Amüsiere dich nur mit deinen Gästen, derweil ich arbeiten gehe. Ich stoße ja abends zu eurer Runde. Lass mir noch ein wenig übrig von dem edlen Wein", bat er seine Holde.

„Na gut“, meinte die Gräfin schließlich gnädig und ließ ihn ziehen, nachdem er ihr noch einen Kuss auf die runzlige Wange gehaucht hatte. Sie schüttelte ihren Kopf und blickte ihm nach, bis die Haustür hinter ihm zufiel.

Oft hatte sie ihrem geliebten Ehemann bereits vorgeschlagen, er möge seinen lästigen Job doch endlich aufgeben und sich vollständig ihr widmen, schließlich sei ihre restliche Lebenszeit begrenzt und genug Geld vorhanden.

Und ebenso oft hatte er diesen Vorschlag vehement abgelehnt – er liebe seine Tätigkeit und trage große Verantwortung seinen Kunden gegenüber, die könne er nicht einfach von sich werfen. Das müsse sie, seine Ehefrau, akzeptieren, sie habe von seinem Job schließlich von Anfang an gewusst, und er habe sich in jeder freien Sekunde um sie gekümmert. Und so werde es auch in Zukunft bleiben.

***

Lissie hatte nur gelacht, als Timo ihr den geplanten Ablauf der kommenden Stunden erläutert hatte: „Ich werde erst spät von einem Geschäftsessen heimkommen, schließlich bin ich ja offiziell ein hochrangiger und vielbeschäftigter Mann, und dann wird mich zu Hause ein Menschenauflauf überraschen, bestehend aus Sanitätern und schockierten alten Leuten, die sich entsetzt über die Gräfin beugen“, hatte Timo angekündigt und Lissie einen Kuss auf den Mund verpasst. „Über die mausetote Gräfin beugen, die zuviel von ihrem ganz speziellen

Lieblingswein gekostet hat. Während es den übrigen Beteiligten hoffentlich gut geht", schloss er.

„Du ein verantwortungsvoller Banker", hatte Lissie spöttisch lachend gemeint. „Kannst doch ,Soll' nicht von ,Haben' unterscheiden. Zählst die lausigen Groschen in deiner Geldbörse nach ihren Farben, haha. Soll sie doch ihren edlen Tropfen genießen", war sie fortgefahren und hatte dann verärgert gemeint: „Typisch, ihre überhebliche Art, anderen Leuten die Billig-Pansche aus dem Supermarkt anzubieten und sich selbst das teure Zeug zu gönnen. Vielleicht solltest du das Bierfass auf der Innenseite mit Samt ausschlagen, dann fühlt sie sich bestimmt wohler in ihrer neuen Unterkunft. Solch ein simples Fass zu verwenden für eine Adlige, tss tss, wie kann man nur."

„Ach was, ist nicht nötig. Drin rumgeistern wird sie sicherlich nicht", hatte Timo den Vorschlag abgelehnt und verschmitzt gegrinst.

***

Stunden später traf alles so ein, wie Timo es vorausgesagt hatte.

Die Gräfin, die recht zügig tief ins Glas geschaut hatte, verdrehte plötzlich ihre Augen. „Mir ist so sch…" Weiter kam sie nicht mehr.

Mit einem Röcheln glitt sie vom Stuhl, schlug mit ihrem Schädel auf die hölzerne Stuhllehne, rutschte dann endgültig hinunter und blieb mit verdrehten Gliedmaßen auf dem Teppich liegen. Ihre spitze Nase in den hochflorigen, handgeknüpften Orientteppich gepresst, machte sie den Eindruck, als wolle sie die Fasern darin einem Geruchstest unterziehen. Das neckische goldene Diadem, das ihren Kopf verziert hatte, lag neben ihr. Timo hatte vergeblich versucht, seiner Gattin das Tragen dieses Schmuckstücks auszureden.

„Während der Hochzeit, okay", hatte er gemeint. „Aber doch nicht auch anschließend bei einem simplen geselligen Zusammensein!"

„Das verstehst du als Mann eben nicht. Ein solcher Schmuck ist etwas Besonderes, das ich bei bestimmten Anlässen gern auf meinem Haupt tragen möchte, mein lieber Valentin. Der Traum einer jeden Frau", hatte sie hinzugesetzt, und die strenge Miene, die sie bei diesen Worten gemacht hatte, hatte jede Widerrede ausgeschlossen.

Nun lag diese ‚güldene‘ Zierde neben ihrem zur Seite gedrehten Kopf und verschönerte den Teppich.

Ihre Besucher verstummten erschrocken. Blickten von einem zum anderen, warfen der leblosen Frau auf dem Teppich ratlose Blicke zu und verharrten alle sekundenlang wie zu Salzsäulen erstarrt.

Begannen dann wie auf Befehl wild durcheinander zu plappern.

„Wir müssen ihren Puls fühlen", schlug eine der drei Frauen vor, eilte zu der Gräfin, beugte sich über sie und ergriff resolut deren Handgelenk.

„Eins ... Zwei ... Drei ..." begann sie die zunehmend schwächer werden Pulsschläge unter ihren tastenden Fingern laut zu zählen. „Vier ... Verdammt, Vier! Wo bleibt Fünf?" Die Frau ließ los und sank heulend in sich zusammen. Hilflos und ungläubig. „Wie furchtbar – so aufregend hatte ich mir dieses Treffen nicht vorgestellt. Was mag ihr nur geschehen sein? Ob sie … Das ist ja vollkommen … Ähm, was machen wir ..." Niemand schenkte ihrem nervösen Geplapper noch Beachtung, und als sie spürte, wie sich die Aufmerksamkeit der anderen Menschen stattdessen der bewusstlosen – oder sogar toten – Gräfin zuwandte, hielt sie endlich ihren Mund.

Einer der beiden Männer ergriff die Gräfin unter ihren Achseln und zog sie hoch in eine sitzende Position, aus der sie gleich darauf wieder zur Seite kippte, als er sie zögernd losließ.

„Wir tragen sie in ihr Schlafgemach, dort kann sie sich auf ihrem Bett ausruhen", meinte der andere Mann und umklammerte die Handgelenke der Gräfin mit seinen Händen. Unterstützt von dem anderen Mann und begleitet von zwei der Frauen, schleppten sie die schlaffe Gestalt mühsam zur Wohnzimmertür hinaus, durch die weitläufige Eingangshalle der Villa, anschließend die Treppenstufen ins Obergeschoss des Gebäudes hinauf, einen ihnen endlos erscheinenden – in Wirklichkeit recht kurzen – Gang entlang und in das gräfliche Schlafgemach hinein, wo sie die Gräfin etwas unsanft auf ihr Bett plumpsen ließen. Die auf dem Teppich hockende dritte Frau rappelte sich stöhnend auf und tappte den anderen hinterher, darauf bedacht, nur nicht den Anschluss zu verlieren. Ihren neugierigen Blicken könnte ja etwas entgehen …

„Endlich." Der Mann, der die Gräfin an ihren Handgelenken festgehalten hatte, richtete sich ächzend auf, drückte sein von der ungewohnten Anstrengung schmerzendes Kreuz durch und atmete hörbar aus.

„Wurde auch Zeit, beinahe hätte ich ihre Füße fallen gelassen", pflichtete der andere Helfer ihm bei. „Wie schwer solch ein zierliches Persönchen doch werden kann, wenn man es tragen muss. Und wenn es wie ein schlaffer Mehlsack hinunterhängt", meinte er.

„Wo ist der andere Schuh der Gräfin geblieben?", überlegte eine der drei Frauen laut. Lief ins Treppenhaus, spähte durchs Treppengeländer und konnte nichts finden. „Muss noch im Wohnzimmer liegen", erkannte sie. „Soll sie auf nur einem Bein laufen, wenn sie wieder aufwacht?"

Schweigen. Verlegene Blicke. Kopfschütteln. Der Frau schien bewusst zu werden, wie es offenbar tatsächlich um die Gräfin stand.

Alle fünf Besucher standen nun um das Bett herum; einer beugte sich zur Nase der Gräfin hinunter und prüfte, ob noch ein Atemhauch zu spüren war. Kam mit einem entsetzten Ausdruck in seinem feisten Gesicht wieder hoch und meinte: „Ich kann nichts hören. Ich glaube, sie atmet nicht mehr. Wir sollten … Wir müssen … Lasst uns besser … ähm, einen Arzt holen", schlug er mit kieksender Stimme vor. „Sonst überlebt sie das hier nicht."

„Die ist doch längst tot, begreift ihr das nicht?", kreischte darauf die Frau, die im Wohnzimmer der Gräfin vergeblich den Puls gefühlt hatte. „Jedenfalls bald."

„Wo ist das Telefon?, fragte sie dann hektisch und blickte die übrigen Besucher mit Panik in den Augen an.

„Im Flur hab ich es gesehen, auf einem Tischchen am Eingang", erklärte eine der anderen Frauen und spurtete los. Rannte die Treppe hinunter und renkte sich beinahe ihren Arm aus, als sie eine der Stufen verfehlte und sich am Geländer festhalten musste, da sie sonst ihr Gleichgewicht nicht mehr hätte halten können. NOCH eine Halbtote brauchen wir nicht, haha, ging es ihr durch den Kopf. Angespannt, wie sie war, hätte sie fast zu kichern begonnen.

Sie hetzte weiter, durchquerte die geräumige Eingangshalle und stürzte zu dem antiken Tischchen, auf dem ein ebenso altmodisches Telefon, noch mit einer Wählscheibe versehen, stand.

Ihren zitternden Zeigefinger in die Löcher der Wählscheibe zu stecken und diese zu drehen, nach Luft zu schnappen und dabei die Zeiger einer behäbig tickende Standuhr zu beobachten, die an der Wand neben ihr stand, schien gleichzeitig abzulaufen.

Endlich erreichte sie den Notarzt und stammelte aufgeregt in den Hörer: „Hilfe … Die Gräfin … Sie ist …“ Ihr versagte die Stimme.

Der Mann, den sie am Apparat hatte, schaffte es kaum, sie zu beruhigen. Endlich hatte er alle nötigen Informationen zusammen, legte auf und überließ die völlig aufgelöste Frau sich selbst.

Sie sank auf das Stühlchen, das neben dem Tischchen stand, und heulte hemmungslos.

***

Zwanzig Minuten später war der alarmierte Notarzt eingetroffen und hatte vergeblich versucht, die Gräfin wieder zum Leben zu erwecken. Sein Gehilfe hatte sich um die Besucher, zwei inzwischen ebenfalls ohnmächtige Frauen und einen stark betrunkenen Mann, gekümmert.

Der Ehegatte kehrte, gestresst wie immer, aus seinem Job zurück und warf sich schluchzend über sein jüngst geehelichtes und soeben verstorbenes Weib. Rappelte sich jedoch bald wieder auf und schlich schluchzend zum WC.

„Lasst mich allein", schluchzte Valentin alias Timo. „Ich möchte mich einige Minuten beruhigen. Versteht das denn niemand?", brüllte er unvermittelt, als die eine noch ansprechbare Besucherin sowie der nicht betrunkene Besucher ihm tröstend über seine Unterarme streichen wollten. Timo schüttelte sie beide ab, wandte sich um und begab sich wortlos in die Küche.

Keiner von ihnen folgte dem vollkommen verwirrt wirkenden Mann. Alle ließen diesen gramgebeugten Witwer zufrieden.

Ließen Timo in Ruhe die Dinge erledigen, die noch fehlten.

✳✳✳

Ein Handgriff, und Timo hatte das Glas mit den vergifteten Weinresten darin verstohlen unter seinem Jackenaufschlag verborgen, und keiner der Leute um ihn herum hatte es mitbekommen.

In der Küche angekommen, spülte er es gründlich aus und schenkte anschließend einen Schluck unbedenklichen Weines ein. Den Glasrand verschmierte er danach ein wenig mit dem Lippenstift der Gräfin, den er im Bad

39

ebenfalls schon an sich genommen hatte; schließlich hatte sie aus diesem Glas getrunken.

Die fast leere, spezielle Weinflasche entleerte er auf der Toilette und reinigte sie mit klarem Wasser. Danach füllte er die Flasche sorgfältig mit etwas von dem Billigwein, der den Besuchern angeboten worden war.

Kurz darauf kehrte er als augenscheinlich völlig erschütterter Ehemann zurück, placierte heimlich das Glas wieder auf dem Wohnzimmertisch und wankte tränenüberströmt in die Arme einer der Besucherinnen, die ihn tröstend festhielt.

Später sollte sich herausstellen, dass in sämtlichen Gläsern noch Reste des Weines waren, der allen außer der Gräfin gut bekommen war. Wie seltsam. Die Gläser wurden sorgfältig gereinigt und ordentlich fortgeräumt.

War die Gräfin eine Schnapsdrossel gewesen, die hemmungslos gesoffen hatte? Hatte sie einen Herzinfarkt gehabt? Fragen über Fragen. Keine Antworten. Noch nicht. Vielleicht niemals.

„Was zuviel ist, ist eben zuviel", meinte Lissie lachend und boxte Timo in die Seite, als sie abends neben ihm auf dem Sofa der Verstorbenen saß, nachdem alle übrigen Leute endlich wieder abgezogen waren und sie beide die Villa der Gräfin für sich allein hatten.

„Nun wird sie untersucht, geschminkt und dann eingesargt, um unter der Erde zu verschwinden. Dein Bierfass kannst du für die nächste Frau aufbewahren", erklärte Lissie ihrem Liebsten. „Hast du schon eine andere alte Krähe gefunden, die du demnächst verführen kannst?"

*E*ine weitere potentielle Ehefrau habe ich während eines Kurztrips mit meinem Kumpel Kevin kennengelernt. Hab ich dir doch von erzählt, Lissie, das ist der Bruder eines Kollegen, der ihn manchmal im Museum besucht", erklärte Timo. „Mit seinem Bruder trägt er oft Meinungsverschiedenheiten aus, bis andere Besucher sich den beiden nähern und er seine Klappe hält. Mein Kollege ist eben ein besonderes Kaliber, mit dem kommen viele Leute kaum klar, und er wurde auch schon vom Personalchef auf sein launisches Verhalten angesprochen." Timo machte eine Pause, und Lissie schmiegte sich noch ein wenig enger an ihn.

„Erzähl weiter", drängte sie ihn.

„Immer mit der Ruhe", meinte Timo und steckte sich erstmal einige herzhafte Chips in den Mund. „Hm, Paprika. Schmecken am besten, solltest du auch mal probieren." Krachend zermalmte er den Snack zwischen seinen Zähnen.

„Ich mag aber lieber etwas Süßes", erwiderte Lissie. „Etwas ganz besonders Süßes ..." Sie strich zärtlich mit ihren Fingern über Timos Brust, ließ ihre Hand immer tiefer an seinem Körper hinunterwandern, erreichte prickelnde Zonen und hörte ihn immer heftiger atmen, während er immer tiefer auf dem Sofa nach unten rutschte.

Da nahm sie ihre Hand weg und forderte: „Von einer potentiellen Ehefrau wolltest du mir doch erzählen, schon vergessen? Vorher gibt's keine Belohnung, mein Liebster."

Timo grummelte ein wenig, setzte sich wieder gerade auf und fuhr fort zu erzählen, eine weitere Handvoll Chips zwischen seinen Zähnen: „Also, wie gesagt, mein Kollege …" *Mampf Mampf Krach Knirsch,* „der ist zwar eine Nummer für sich, aber sein großer Bruder Kevin ist sympathisch, immer locker drauf und umgänglich. Nachdem wir einige Mal zu dritt miteinander geklönt hatten, haben Kevin und ich beschlossen, uns ohne meinen Kollegen zu treffen. Haben gemeinsam ein Bierchen gezischt, zusammen den Porsche, auf den ich scharf bin, besichtigt und probegefahren, und kürzlich schlug er vor, wir könnten ja auch mal zusammen übers Wochenende nach Hamburg fahren und dort die Gegend unsicher machen, haha. Jedenfalls, in dem Hotel, in dem wir kürzlich waren, da saß ein schnuckeliges Blondchen ganz allein vorm Barkeeper und schlürfte teuren Champagner. Natürlich haben wir … also ich, sie angesprochen und ich habe vermutlich einen tieferen Eindruck auf sie hinterlassen als mein pickeliger Kumpel." *Knirsch Krach Krach.* „Total würzig, die Dinger. Könnt ich mich reinsetzen, haha."

Ungeduldig blickte Lissie ihren Timo an und hätte ihm am liebsten die Schale mit den Chips weggenommen und sie im Schrank versteckt.

Ein letztes nervtötendes Krachen; Timo leckte sich genießerisch das Paprikapulver von den Fingern ab und machte dann endlich weiter: „Ein echte Gräfin hatte ich da vor mir, höchstens vierzig, und einsam, nachdem ihr alter

Tattergreis kürzlich verschieden ist. So allein fühlt sie sich! Hat niemanden, der sie ausführt, nun, da sie die Trauerzeit überstanden hat und noch ein wenig am Leben teilhaben möchte. Sooo allein", wiederholte Timo mit einem breiten Grinsen im Gesicht, „aber bald nicht mehr. Ich habe schon erfolgreich meine Krakenarme ausgefahren, haha. Kommenden Samstag treffen wir uns alle drei erneut im selben Hotel, und dann geht die Post ab, wie mir die Gräfin mit hochrotem Kopf ins Ohr geflüstert hat. Hoffentlich verschwindet Kevin rechtzeitig."

Timo lächelte Lissie verschmitzt zu, doch sie ließ sich nichts anmerken. WELCHEN Eindruck der charmante Timo hinterlassen hatte, konnte sie sich ausmalen. Vollgesabbelt hat er die Gräfin, sich gespreizt wie ein Pfau, der ein Rad schlägt, dachte sie. Wie immer in der Nähe einer für ihn reizvollen Frau. Und sei es auch nur der Reiz, der ihre volle Brieftasche auf ihn ausübt.

***

Tatsächlich war Lissie erst ein wenig sauer auf ihn gewesen, als Timo angekündigt hatte, ohne sie loszuziehen zu wollen. Aber dann hatte sie sich gesagt: Soll er doch, wir müssen ja nicht immer wie Kletten zusammenhängen. Den Kinoabend gemeinsam mit meiner alten Freundin fand ich sehr lustig, erinnerte sich Lissie.

Der Film war, hm, einfach nur albern, dachte sie. Aber unser gemeinsamer Klönschnack anschließend, da wir uns lange nicht mehr gesehen hatten: Lustig, unterhaltsam und informativ.

43

Denn nebenbei war ihrer Freundin der Name einer reichen Fürstin rausgerutscht, der sie ihre Visitenkarte überreicht hatte. Denn sie bot als selbständige Kosmetikerin einen mobilen Service an und hielt stets ihre Augen offen nach neuen Kundinnen.

Wohlhabenden Kundinnen natürlich, und die Fürstin zu Merkin sah ganz danach aus. Bei den vielen Klunkern, wie die an ihren Fingern trug, stecke ausreichend Geld dahinter, hatte Lissies Freundin gemeint.

Die Fürstin war geschätzte neunzig Jahre alt. Ansässig sei sie in einem Anwesen auf dem Hügel am Stadtrand, hatte sie Lissies Freundin erklärt, einfach die gewundene Straße hinauf. Sicherlich würde sie den Weg finden.

Lissies Freundin machte sich Hoffnungen darauf, die gepflegte Weißhaarige als neue Kundin zu gewinnen.

Lissie spekulierte darauf, die Fürstin, die ihren Äußerungen zufolge trotz ihres Vermögens zu den einsamsten Herzen in dieser Gegend gehörte – Ehemann längst verstorben, Exfreund fremdgegangen, sie selbst alt, neue Partner immer nur aufs Geld aus – als zukünftige Arbeitgeberin zu gewinnen. Die betagte Dame würde dann hoffentlich bald dem charmanten Timo ins Netz gehen.

Die üppigen Palmen auf dem Grundstück wiesen Besuchern den Weg, hatte die Fürstin zu Lissies Freundin gemeint, man könne das Gebäude dahinter kaum übersehen.

Na, wenn das so ist, dachte Lissie vergnügt, als sie jetzt an den Kinoabend zurückdachte. Diese Informationen hatten ihr besser als die riesige Portion Popkorn gefallen, das ihre Freundin angeschleppt und verschlungen hatte.

***

„Welche der Damen kommt zuerst dran, was meinst du? Die Gräfin lässt mich regelrecht sabbern", lachte Timo und wich zu spät dem spielerischen Hieb aus, den Lissie ihm auf seinen Oberarm versetzte. Er wälzte sich auf dem Doppelbett auf seine andere Seite und lachte vergnügt.

„Aber die Fürstin dürfte einfacher zu beseitigen sein in ihrem fortgeschrittenen Alter, die ist nicht mehr so fit", gab Lissie zu bedenken, die im Schneidersitz neben ihm hockte und nachdenklich an ihrem Ring mit dem Marienkäfer darauf drehte. Ihn abwechselnd hin und her drehte, während sie ihren Gedanken freien Lauf ließ. Wäre die Fürstin WIRKLICH leichter zu überwältigen?

Letztendlich würde Timo beide Damen versuchen herumzukriegen, dachte sie. Erneut stand ihnen doppelter Stress bevor. Lissie würde sich wie immer verkleiden müssen bei ihrer Arbeit. Und Timo würde mal mit, mal ohne künstlichen Bart und wahlweise mit oder ohne Brille seiner jeweiligen Herzensdame gegenübertreten. Hoffentlich lohnte sich der Aufwand eines Tages …

Allmählich wurde Lissie der dauernden Schauspielerei überdrüssig, wie sie spürte. Noch ein paarmal, dann konnten Timo und sie sich vielleicht Ruhe gönnen. Vielleicht sogar heiraten? Ohne Hintergedanken in den Hafen der Ehe einlaufen? Womöglich Nachwuchs miteinander bekommen? Immerhin wäre sie selbst noch jung genug für ein süßes Baby und Timo bestimmt ein guter Vater, dachte Lissie und sah ihren Liebsten verträumt an, während sie geistesabwesend an ihrem Ring drehte, bis der Marienkäfer mit seinem Köpfchen nach unten hing.

Sie konnten nicht vorsichtig genug agieren, wusste Lissie, und im Geiste ging sie die Perücken durch, die sie in ihrem Kleiderschrank aufbewahrte. Welche sollte sie diesmal verwenden?, überlegte sie und beschloss: Den wilden blonden Lockenkopf bei der jungen Gräfin, den langweiligen glatten, mausgrauen Bob bei der älteren Fürstin. Darunter würden ihre eigenen kurzgeschnittenen roten Haare verschwinden. Energisch drehte sie ihren Ring so heftig, dass die Käferfigur sich am Ärmel ihres blauen, gestrickten Oberteils verhakte. Vorsichtig befreite Lissie ihn wieder. Ein Wollfädchen löste sich dabei und hing nun an ihrem Handgelenk aus dem Ärmel; Lissie stopfte es einfach in eine der Maschen hinein.

„Wir beginnen mit der Fürstin", entschied Timo, „die Alte hat leider nicht mehr soviel Zeit. An die sollte ich mich wohl besser zuerst heranmachen. Bevor die uns wegschlummert, ehe ich ihr einen Ehering an den Finger stecken kann, haha. Um das blonde Gift kümmere ich mich danach, sobald ich das Vertrauen der Fürstin von ..." Timo überlegte. „Wie heißt die alte Krähe eigentlich?"

„Zu Merkin, Fürstin zu Merkin", soufflierte Lissie.

„Der Fürstin zu Irgendwas gewonnen habe", beendete Timo seinen angefangenen Satz mit einem schiefen Grinsen, das Lissie deutlich machte, wie sehr ihm vor der neuen Aufgabe graute.

Tja, dachte Lissie, glaubst du denn, mir macht es Spaß, das vollgesch ... Klosett der Alten schrubben zu müssen?

Genauso wenig, wie die von dir benutzten Gummis von dem Bettlaken der Gräfin einsammeln zu müssen.

„Lasst uns an unsere gemeinsame Kreuzfahrt denken", versuchte sie Timo und sich selbst anzuspornen. „Sonnenuntergänge an Deck mit einem Gläschen Champagner in der Hand ..." Versonnen fingerte sie an dem Kettenanhänger an ihrem Hals. Der darauf abgebildete Marienkäfer funkelte im Lichtschein des Strahlers, der über ihr an der Zimmerdecke angebracht war. Lissie ließ ihren Anhänger los, kam auf die Knie und robbte zur Bettkante.

„Nee, lieber an den roten Flitzer", meinte Timo jedoch und erntete noch einen spielerischen Schlag auf seine Wange, bevor Lissie vom Bett sprang.

Gänseblümchen, lieber Ernst", flüsterte die Fürstin zu Merkin, deren brüchige Altfrauenstimme ohnehin kaum zu verstehen war.

Timo neigte sich näher zu der gepflegt wirkenden alten Dame, so nahe, dass sie beinahe Schulter an Schulter nebeneinander auf der Hollywoodschaukel saßen, die auf der Terrasse des großzügig geschnittenen Anwesens hoch oben auf einem Hügel stand. Der Blick über die Stadt war atemberaubend, da musste Timo der Fürstin recht geben.

„Mit Gänseblümchen, mein Lieber," fuhr die Fürstin fort, „damit hat mein Hänschen mich einst für sich gewonnen, wissen Sie. Andere Damen haben einen Rosenkavalier; mein Liebster hingegen hat auf der Wiese Gänseblümchen gepflückt und eine Kette daraus gebastelt, die er mir um den Hals gelegt hat wie eine edles Perlencollier. Und wie glücklich ich mit ihm war! Er war mein Schatz, und hätten meine Eltern nicht auf der Heirat mit Ludwig bestanden, wir hätten gemeinsam die Welt erobert. Sie lag uns zu Füßen, wie wir damals dachten, jung und unbedarft, wie wir waren. Ach, seitdem liebe ich Gänseblümchen", seufzte die Fürstin. „Wie albern von mir, da ich die edelsten, teuersten Gewächse mein eigen nennen darf, nicht wahr, Ernst?"

„Eines dieser edlen Gewächse hoffe ich für Sie zu sein, Verehrteste", schmalzte Timo der Fürstin in ihr faltiges Ohr. „Ich benötige keine besondere Pflege, ein wenig

Zuneigung reicht. Und schon können Sie sich an mir erfreuen."

„Aha, Sie sind sozusagen ein pflegeleichtes Nachtschattengewächs?", kicherte die alte Dame und fuchtelte lachend mit ihrem dürren Zeigefinger vor Timos Gesicht herum. „Na, na, was hab ich mir denn da für einen Kerl eingeladen?", murmelte sie.

Als Timo sie daraufhin ein wenig irritiert anblickte – solche Sprüche konnten doch nicht zu einer eleganten Dame passen, oder? -, da erhob sich die Fürstin mit dem Kommentar: „Ich zeige Ihnen mal etwas, Sie werden staunen."

Sprach's und verschwand in ihrer Unterkunft, ließ Timo minutenlang draußen sitzen und rätseln und erschien schließlich wieder, ein altmodisches Fotoalbum in ihrer Hand.

„Als junges Ding war ich ein flotter Feger, wie man damals so sagte", erklärte die Fürstin und sah Timo vergnügt in die Augen. „Wild und lebenshungrig, eine wahre Plage für meine konservativen Eltern. Den ersten Kuss meines Lebens gab mir ein Stallknecht, der sich um unsere Pferde kümmern sollte. Das tat er auch, aber er stellte auch jedem Rock nach. Meinem besonders intensiv, da ich nicht nur ausgesprochen hübsch war, sondern auch wohlhabend. Welcher Mann würde sich einen solchen Leckerbissen schon entgehen lassen, wenn er ihm auf dem Silbertablett – beziehungsweise auf dem Heuschober - serviert wird? Keiner, da mache ich mir nichts vor. Auch Sie nicht, mein lieber Ernst", schloss die Fürstin. „Gucken Sie mich nicht so einfältig an. Ich kenne die Männer, ich weiß, was denen gefällt. Und wie man mit ihnen umgehen muss."

„Ähm, tja", druckste Timo, „also, mir gefällt an Ihnen Ihre Offenheit, Ihre ungekünstelte Art, Ihre ..." Weiter kam er nicht.

„Mein Geld", unterbrach die Fürstin ihn und grinste so schelmisch wie ein Lausbub, der gerade eine Fensterscheibe eingeworfen hat. Bei diesen Worten blätterte sie in dem Fotoalbum und deutete schließlich auf das Schwarzweiß-Foto einer attraktiven jungen Frau. Munter lachte die in die Kamera und blinzelte dem damaligen Fotografen übermütig zu.

„Das war ich, vor ungefähr siebzig Jahren", lachte die Fürstin nun. „Ein wenig runzliger bin ich äußerlich geworden, doch innerlich das leichtfertige junge Ding von damals geblieben. Der alberne Backfisch, der die Männerherzen im Sturm für sich gewinnen konnte. Darf ich deines, lieber Ernst, ebenso erobern?"

Der ernsthafte Unterton in ihrer Stimme blieb Timo nicht verborgen. Einsam ist sie, erkannte er, die sehnt sich nach menschlicher Gesellschaft. Hat sie denn nicht ...

„Haben Sie denn gar keinen Kontakt mehr zu alten Kump ... äh, Freunden?", erkundigte er sich. Kinder hatte sie nicht, wie er inzwischen erfahren hatte. Aber Bekannte? „Sie verbringen Ihre Zeit doch sicherlich nicht immer allein?"

Diese Frage ließ die Fürstin leicht zusammenzucken. Sie schaute nachdenklich in die Ferne und schüttelte fast unmerklich ihren Kopf. Schien die prächtig blühenden Rhododendronbüsche und die sich im Wind wiegenden

Palmen dahinter zu studieren, schien intensiv dem Gesang einer Amsel zu lauschen. Und wirkte trotz all ihres Schmucks und der protzigen Villa wie ein erbärmlich frierendes Vögelchen, das soeben aus dem Nest gefallen war.

Spontan legte Timo sanft seinen Arm um ihre Schultern und zog sie leicht an sich. Das zitternde, um Liebe bettelnde Vögelchen an seiner Seite begann ihm leid zu tun. Rühren sich da Gefühle des Mitleids bei mir?, fragte er sich beklommen. Bin ich wirklich eiskalt genug, um diese liebe alte Dame zu hintergehen, mit ihren Gefühlen zu spielen, sie schließlich von Lissie umbringen zu lassen? Nur, um an das Erbe heranzukommen?

Ich weiß es nicht, musste er sich selbst eingestehen und nahm seinen Arm langsam wieder von der fürstlichen Schulter. Hat mir doch bisher nichts ausgemacht, weshalb denn jetzt? Schließlich muss mein Kontostand wachsen und gedeihen. Der will ebenso gepflegt werden wie eine edle Blume, haha.

Er würde Gänseblümchen für die alte Frau pflücken, nahm er sich vor. Ganze Körbe voller Gänseblümchen, um große Ketten für sie daraus zu flechten.

***

Zaghaft begann eine Freundschaft zwischen Timo alias Ernst und der Fürstin zu entstehen. Zögernd, langsam, zunächst noch unscharf wie ein soeben geschossenes Polaroidfoto, das sich allmählich entwickeln muss. Beide ließen sich Zeit und kamen einander endlich näher. Kamen sich schließlich so nahe, dass Timo sich in seiner Freizeit oft im fürstlichen Schloss aufhielt. Ihr persönliches Polaroidfoto zeigte nun ein klares Bild.

Zum Verdruss seiner Lissie, die Timo nur noch zwischen Tür und Angel erwischte oder ihn während ihrer Tätigkeit als die ‚Perle‘ namens Erna im fürstlichen Schloss von weitem sah.

Getarnt mit dem nach Motten riechenden mausgrauen Bob auf dem Kopf und gekleidet in schlichte, praktische Klamotten, entfernte Lissie nun fast an jedem Wochentag vormittags den Staub in der großzügigen fürstlichen Unterkunft und schwang dort den Wischmopp. Hielt auch die Toilettenräume in Ordnung, brachte ihrer Arbeitgeberin ein Tässchen Tee und fand die alte Dame ungewohnt sympathisch. Locker im Umgang, so gar nicht von oben herab, fand sie sich manches Mal unverhofft in einen Klönschnack mit der gnädigen Frau wieder, solange Timo nicht zugegen war.

Dann war sie, die Putzkraft, natürlich Luft für die Fürstin. An ihre Schulter lehnen konnte die hochwohlgeborene Dame sich natürlich schlecht, und für sonstige Aktivitäten stand Lissie ihr auch nicht zur Verfügung. Dafür hatte die Fürstin ihren neuen Liebsten, den sie mit großzügigen Geschenken umschmeichelte.

***

„Sie hat eingewilligt!", jubelte Timo schon, als Lissie im Hausflur seiner Villa auftauchte und stöhnend den vollgepackten Einkaufskorb abstellte.

„Häh?", war alles, was Lissie erwidern konnte, denn ihr troff der Schweiß von der Stirn.

„Die Alte will mich heiraten, Lissie, ist das nicht großartig? Mich, ihren ‚Gänseblümchenkavalier', wie sie mich nennt", erklärte Timo fröhlich, packte seine Lissie und schwenkte sie herum. „Und auch die schnuckelige blonde Gräfin, der ich im Hotel begegnet bin, möchte mich näher kennenlernen", setzt er gut gelaunt hinzu. „Wenn ich an deren Oberweite denke … Endlich mal wieder Frischfleisch unter der Bettdecke, haha. "

„Bin ich dir nicht frisch genug? Ich bin … Halt!", schrie Lissie unvermittelt und rannte einem der gekauften Äpfel hinterher, an den sie aus Versehen mit ihrem Fuß gestoßen war und der unter die Flurkommode gekullert war, als sie von Timo durch die Luft gewirbelt worden war. „Verflixter Apfel, macht sich einfach selbständig … Echtes Fallobst", meinte sie und musste lachen.

Der silbern eingefasste Marienkäfer auf ihrem Kettenanhänger blitzte im Lichtschein des Deckenstrahlers, der schräg über ihr hing, und schien ihr amüsiert zuzuzwinkern.

„Nee, Rennobst, haha", verbesserte Timo amüsiert, schnappte sich gleich einen der anderen Äpfel und biss genüsslich hinein.

*T*ja, die Angelegenheit mit der Gräfin von Ehrenfeld hat sich erledigt. Kevin ist mir zuvorgekommen", erklärte Timo seiner Lissie und verzog sein Gesicht dabei zu einer höchst verärgerten Fratze. „Hat sich das Blondchen geschnappt, als die beiden gemeinsam im Fahrstuhl des Hotels gefangen waren. Dummerweise stand ich währenddessen noch unter der Dusche, mich hübschmachen für die Olle. Vergeblich", schloss Timo. „Verflixter Kevin. Elender Kumpel."

„Kannst nun mal nicht IMMER Glück bei den Frauen haben", versuchte Lissie ihn zu beruhigen. „Auf dich stehen eben eher die Älteren. Genauer gesagt, die besonders Alten, denn die wissen, dass sie dich nicht mehr allzu lange ertragen müssen, haha."

„Hmpf", grunzte Timo und wandte sich ab.

„Dusselige Kuh", meinte Lissie ihn noch raunen zu hören, als er türenknallend im Bad verschwand.

Genervt drehte sie ihren Ring mehrmals um den Finger herum. Zerrte daran, zog ihn vom Finger, schob ihn wieder rauf, drehte erneut … Und ließ ihn endlich los, als ihr ihre sinnlosen Bewegungen bewusst wurden.

Als Timo wieder erschien, sein nach dem Duschen noch nasses braunes, kurz geschnittenes Haar glatt nach hinten gekämmt und mit einem teuren Anzug bekleidet, der ihn älter und gesetzter wirken ließ, machte er auf Lissie, die mit einem Becher Cappuccino in der Hand auf dem Sofa saß, einen ruhigeren Eindruck. Den Eindruck eines reifen Mannes, der ein guter Verlierer sein konnte. Sein wollte.

„Ich fahre zur Fürstin, dort lauert kein Konkurrent", kündigte er an und zupfte das Einstecktuch, ein Geschenk der Fürstin, sorgsam in seiner Brusttasche zurecht. „Höchstens der Gärtner, aber den bekämpfe ich mit seiner Heckenschere, falls er mir in die Quere kommt, haha. Außerdem ist der ebenfalls steinalt; ein Wunder, dass er es noch schafft, die Äste beim Zurückschneiden zu erwischen, statt aus Versehen seinen Arm zu kürzen. Im Übrigen hat die Fürstin ja schon unserer Hochzeit zugestimmt, da gibt's kein Zurück mehr für die vornehme Dame."

Mist, der Gärtner, schoss es Lissie durch den Kopf. Wie sie von Timo wusste, durfte der sich Zutritt zu den Wohnräumen der Fürstin verschaffen, denn er war beinahe genauso alt wie sie und ein echtes Faktotum dort, der seine Herrin sogar mit ihrem Vornamen Hildegard ansprechen durfte. Sein Vater, der vorige Gärtner auf dem uralten Anwesen, der hatte die Fürstin wie auch seinen eigenen Sohn schon als Babys auf seinen Knien geschaukelt. Als Kinder waren die beiden, der Gärtnerssohn und das adelige Mädchen, zusammen aufgewachsen wie Geschwister.

Der Mann genießt ihr volles Vertrauen, ging es Lissie auf. Zuviel Vertrauen … Der kann uns gefährlich werden, befürchtete sie. Wie sollen wir den nur ausschalten? Wir können doch nicht NOCH MEHR Menschen umlegen!

Nein, überlegte sie, es muss nach einem Unfall aussehen. Nicht, dass wir die Alte irgendwo verstecken müssen und der Gärtner sie womöglich findet. Ein schrecklicher Unfall wird das Dasein der Fürstin beenden. Timo als ihr Ehemann wird sie gemeinsam mit einem Zeugen – wen nehmen wir denn da? Den Gärtner? - auffinden und als unschuldig gelten.

Ich ebenso, wenn die Fürstin unvorsichtig ist und auf frisch gewischten und somit nassen Fliesen ausrutscht. Hier kommt endlich meine Idee, die ich bereits vor einiger Zeit ausgebrütet habe, zum Einsatz. Bei diesen Gedanken lächelte Lissie, und ihre verkrampfte Miene entspannte sich.

Still durfte der künstliche Marienkäfer auf dem Ring verharren; er musste nicht kopfüber hängen.

***

Drei Monate darauf sollten die Pläne, die Lissie und Timo ausgeheckt hatten, in Erfüllung gehen.

Lissie alias ,Putzfrau Erna', in schlichte Klamotten gehüllt, auf dem Kopf den künstlichen grauen Bob wie jedesmal, wenn die Fürstin sie zu Gesicht bekam, räumte zufrieden das nach Chemikalien riechende flüssige Reinigungsmittel in den kleinen Hauswirtschaftsraum neben der Küche. Zog danach den Bezug vom Wischmopp, spülte ihn aus und hängte ihn über die aufklappbare Wäscheleine; in dem gefliesten Fußboden befand sich ein Bodenablauf, in dessen Sieb die Tropfen sickern konnten.

Sie spülte anschließend den Putzeimer aus, fuhr mit einem trockenen Lappen darüber und schob den Eimer dann unter das Regal, auf dem die übrigen Putzutensilien

56

standen. Sie streifte sich die Gummihandschuhe ab, wusch sich die Hände und cremte sie anschließend gründlich ein – ihre empfindliche Haut würde es ihr danken.

Jetzt aber schnell, trieb Lissie sich bei einem Blick zur Uhr an. Die Fürstin würde jeden Augenblick aus dem Wohnzimmer herauskommen, dann durch die Eingangshalle hindurch und von dort aus nach draußen zum Postkasten gehen. Würde wie jeden Tag, aus Gewohnheit stets kurz vor dem Mittagessen, nachsehen wollen, ob der Postbote etwas gebracht hätte. Nur, dass es diesmal vermutlich anders verlaufen würde. Denn der heutige Tag wäre ein besonderer Tag im Dasein der Fürstin. Nämlich ihr letzter.

Also eilte Lissie hinaus in den Garten und zupfte sich noch im Laufen ihre Bluse zurecht, die sie gegen die Arbeitsklamotten getauscht hatte. Dann blieb sie stehen, bückte sich und band eine neue Schleife in das Schnürband ihres linken Schuhes, das sich gelockert hatte.

Der Schatten, den sie jetzt unter einer der üppigen Buchen wahrnahm, bewegte sich und kam näher. Der Gärtner, wie erhofft!, dachte Lissie und war erleichtert. Sie machte sich an ihrem anderen Schuh zu schaffen und kam wieder hoch, als der Mann neben ihr stehenblieb.

„Na, endlich alles fertig geputzt, Fräulein?", erkundigte der Gärtner sich leutselig bei der Putzperle der Fürstin, mit der er gern mal einen kurzen Plausch hielt. Er nahm sich gern die Zeit dazu, denn er hatte es nicht mehr eilig.

Meist ging Lissie darauf ein, nur heute war sie in geheimer Mission unterwegs. „Hm", entgegnete sie also nur und zupfte an einer der mausgrauen Strähnen ihres

Bobs. Blickte den Gärtner an, lachte verlegen und meinte: „Ich muss leider rasch nach Hause, dort wartet schließlich noch meine eigene Hausarbeit auf mich". Blöder altmodischer Kauz, ich heiße nicht ‚Fräulein', dachte sie dabei verstimmt.

„Schade, mit einer jungen Dame unterhalte ich mich gern", kam es zurück. „Aber ich verstehe, dass Sie unter Zeitdruck sind, und natürlich möchte ich Sie nicht aufhalten. Schönen Tag noch und bis zum nächsten Putztermin", der Gärtner tippte sich an den Seppelhut auf seinem Kopf, ohne den Lissie ihn noch nie gesehen hatte, und wandte sich um.

Wenn du wüsstest, dachte Lissie.

∗∗∗

Den unfreiwilligen Abgang von dieser Welt, den die Fürstin zu Merkin zur selben Zeit machte, hatte sie sich sicherlich nicht träumen lassen. Hatte nicht damit gerechnet, in ihren hochhackigen Schuhen eine Schlitterpartie durch die Eingangshalle zu machen und mit ihrem gräflichen Schädel hart auf den glänzenden Fliesen zu landen. Hatte noch kurz ihren Kopf geschüttelt und gemurmelt: „Muss sie denn die Fliesen immer so fürchterlich nass hinterlassen? Diese Erna, also, die sollte ich …"

Weiter kam sie nicht, denn in diesem Moment rutschte sie aus, kämpfte noch kurz mit ausgebreiteten Armen vergeblich um ihr Gleichgewicht, stolperte dann gegen den Korbstuhl, rutschte danach gegen das Telefontischchen und schlug lang hin. Polternd fiel das Tischchen um, und das Telefon landete daneben auf dem Fußboden.

Um den zerschmetterten Schädel der Fürstin herum breitete sich eine Blutlache aus. ‚Tut Tut‘ erklang es dazu gleichmäßig aus dem Telefonhörer, der direkt vor ihrer Nase lag, das Spiralkabel daran verbunden mit dem Telefon; die schwarze Oberfläche des Hörers bekam vom fürstlichen Blut einen klebrigen Belag.

‚Tut Tut‘ ertönte es weiterhin, und die Minuten wurden zu einer halben Stunde. Eine Zeitspanne, in der niemand die Halle betrat. Ein halbe Stunde, in der die letzten zuckenden Bewegungen der ungewöhnlich verdrehten fürstlichen Gliedmaßen immer schwacher wurden, bis die Fürstin zu Merkin schließlich vollkommen leblos auf dem glatten Fußboden lag.

***

„Sie sind meine Rettung, Viktor!“, begrüßte Timo überschwänglich den Gärtner, den er im Garten neben einem Rosenbusch entdeckt hatte. „Ohne Sie müsste ich noch einmal zu meiner Arbeitsstelle zurückfahren, um nach dem Hausschlüssel zu suchen. Ich hoffe, er findet sich wieder an. Vermutlich habe ich Schussel ihn heute Morgen in meine Schreibtischschublade gelegt, mit meinen Gedanken schon bei der anberaumten Sitzung, und vorhin vergessen, ihn mitzunehmen.“ Er grinste den Gärtner an, der sich stumm seinen Wortschwall anhörte.

„Ach“, seufzte Timo dann theatralisch und atmete tief aus, „Sie ahnen ja gar nicht, wie anstrengend so ein Job als

Bankangestellter sein kann! Wie schön haben Sie's doch hier in diesem wunderbaren Garten." Er drehte sich einmal um sich selbst und blieb leicht außer Atem wieder stehen. „Sie müssen sich nur mit dem Grünzeug hier gut verstehen … Ich hingegen bin den ganzen Tag hindurch nervtötenden Kunden, oberschlauen Kollegen und einem Chef ausgeliefert. Sie alle fallen mir auf die Nerven. ALLE", bekräftigte er und ließ seinen Kopf sinken.

„Also ich soll Ihnen aufschließen? Funktioniert denn die Klingel nicht?", wunderte sich Viktor und raunte dann: „Oder hört Hildegard sie nicht? Ihr Hörvermögen lässt nach", murmelte er betrübt. „Wir werden beide alt … Werden gemeinsam alt", setzte er hinzu und starrte sekundenlang versonnen eine der wunderschönen roten Rosenblüten an. Dann fing er sich wieder und nestelte den Hausschlüssel aus der Tasche seiner grünen Gärtnerjacke.

„Na dann! Ich will doch nicht verhindern, dass mein Hildchen ihren feschen Liebhaber zu sehen bekommt", meinte der Gärtner und blickte Timo verschmitzt an. Verschmitzt und prüfend, als überlege er sich, ob er ‚sein Hildchen' diesem jungen Mann anvertrauen dürfe.

Timo nickte dem Mann freundlich zu. „Die Fürstin wartet bestimmt darauf, dass ich endlich von der Arbeit heimkomme und mit ihr gemeinsam speise. Gleich wird sie mich erfreut in ihre Arme schließen, Viktor."

Der Gärtner öffnete die Eingangstür, und Timo schob sich hindurch. Ging einige Schritte und blieb plötzlich wie angewurzelt stehen. Verharrte regungslos einen Augenblick, während Viktor hinter ihm herblickte und sich über sein Verhalten wunderte.

„Ist etwas nicht in Ordnung?" Er folgte Timo und erkannte die schlaffe Gestalt auf dem Fliesenboden.

„Hildegard!", schrie er auf, stürzte zu der leblosen Gräfin und riss sie in seine Arme. Umarmte sie so fest, dass Timo schon befürchtete, gleich die Knochen der Frau brechen zu hören.

„Mein Engel", schluchzte der alte Gärtner, wiegte die Fürstin liebevoll in seinen Armen und küsste sie innig auf beide Wangen. „Komm zu dir, ich flehe dich an. Hildchen, das ist wohl nur ein dummer Scherz ... Du musst doch noch leben! Tu mir das nicht an, Liebes. Wie soll ich denn ohne dich hier weitermachen?"

Der Schmerz in Viktors Stimme ging Timo für einen Moment nahe. Doch dann dachte er sich erleichtert: Gut so, ich gelte als unschuldig, der Gärtner ist mein Zeuge. Und wieder eine wohlhabende alte Schnalle weniger und ein reicher Erbe mehr. Fast hätte er vor Begeisterung über Lissies gelungenen Plan gejubelt, konnte sich aber noch beherrschen.

Ich bin nun der leidgeprüfte Witwer der Fürstin, und zunächst einmal bin ich überrascht darüber, wie wir sie hier vorfinden. Das Blut wird Lissie wegwischen müssen. Lissie, mein braves, dummes Schaf, dachte er abfällig.

„Lassen Sie mich mal zu ihr", forderte er den Gärtner auf und schubste ihn fast zur Seite, als Viktor seine Hildegard nicht loslassen wollte. „Ich will ihren Puls fühlen und testen, ob sie noch atmet. Und, Viktor, bitte rufen Sie den Notarzt. Sofort!", setzte er mit eindringlicher Stimme hinzu und deutete mit seinem Kopf auf den Telefonhörer.

„Warten Sie, nehmen Sie besser mein Mobiltelefon“, schlug Timo vor und zog es eilig aus seiner Jackentasche hervor. „An dem ist kein Blut.“

„Da ist leider nichts mehr zu machen“, befand der Notarzt kurz darauf.

Die Fürstin wurde abtransportiert, der Gärtner verkrümelte sich mit einer Flasche Schnaps in seiner Unterkunft, Timo ließ sich grinsend auf das teure Sofa im Wohnzimmer der Fürstin fallen und Lissie wischte ein zweites Mal an diesem Tag die Fliesen sauber.

So gründlich, dass man darauf ausrutschen konnte.

***

Die Fürstin zu Merkin würde schon sehr bald feierlich in dem Familiengrab beigesetzt werden, in dem auch ihr längst verstorbener Gatte seine letzte Ruhe gefunden hatte. Die Inschrift auf dem pompösen Grabstein würde um ihre Lebensdaten erweitert werden, der Platz dafür war einst extra ausgespart worden. Der untröstliche Witwer Ernst würde sich trauernd in die Privatgemächer im Schloss zurückziehen. Von dort aus würde er sich um den lästigen Papierkram kümmern und das Schloss Interessenten zum Kauf anbieten.

Dann würde er, der bedauernswerte gramzerfressende Mann, in seine eigene Villa zurückkehren müssen, die er glücklicherweise noch besaß. Die er vielleicht in weiser Voraussicht behalten hatte? War ihm schon am Tag der Eheschließung bewusst gewesen, dass das Schloss der Fürstin nicht sehr lange seine Bleibe sein würde? Hatte der

Mann die Gabe, in die Zukunft zu schauen? Fragen über Fragen, und diese würde doch wohl niemand zu beantworten wissen, überlegte Lissie.

Vielleicht sollte ich Timo mal eine Kristallkugel schenken, die darf er auf seinem Schreibtisch aufstellen für neugierige Besucher. ‚Mein Arbeitswerkzeug‘, könnte er behaupten, und es gäbe sicherlich jemanden, der ihm diesen Quatsch glauben würde.

Der alte Gärtner Viktor, ja der würde im Seniorenheim landen und dort die Erinnerungen an seine Freundin pflegen, die er bereits seit Kindertagen gekannt hatte. Würde sich mit seiner Freundschaft zur Fürstin – einer ECHTEN Fürstin! - vor den übrigen Tattergreisen brüsten und die eifrige Putze, die den Boden der Eingangshalle zu feucht gewischt hatte, verfluchen. Wie konnte dieses ungeschickte Ding die Fliesen auch derart nass hinterlassen, würde er täglich erneut zetern, bis schließlich alle nur noch genervt ihre Augen verdrehen würden über das Geplapper des wirren Alten.

„Ewig unzufrieden, dieser knorrige Kerl mit dem Seppelhut, den er ständig auf seinem Kopf trägt“, würden sie murren und ihn schließlich allein in seinem Sessel hocken lassen.

*F*ridolin!", juchzte Lissie, die sich in ihrem nächsten Putzjob Bertha nennen wollte. „Oh man, der Name lässt mich an einen maunzenden Kater denken, der mit seinen Pfoten in einem Kästchen sein Häufchen verscharren will, haha." Flink wich sie einem spielerischen Boxhieb ihres Liebsten aus und begann zu kichern, als vor ihrem inneren Auge ein schwarzer Kater erschien, der um Timos Knöchel strich und nach Leckerbissen gierte.

Der auch um ihre eigenen Beine streifen würde, um unter ihren streichelnden Fingern zufrieden zu schnurren. Es sich dann auf ihrem Schoß bequem machen und sich mit seiner rosaroten Zunge ausgiebig sein weiches Fell putzen würde, bis es glänzte.

Timo schien wenig begeistert zu sein über seinen künftigen Namen als Anwärter darauf, einen Ehering zu tragen und ein Vermögen zu erben.

„Mir würde ein französchisch klingender Name besser gefallen, Lissie", meinte er mit sanfter Stimme. „Zum Beispiel …" Er überlegte. „René. Wie findest du den?"

„René? ACH NEE", lehnte Lissie diese Idee ab und grinste.

„Claude?", führte Timo das Namensspiel weiter.

„Claude IST TOT, haha", reimte seine Liebste und fing sich endlich den wohlverdienten Hieb von Timo ein.

„Nun verhunz doch nicht sämtliche französischen Namen!", maulte Timo. „Deiner ist auch nicht besser:

‚Bertha', da hat man doch gleich eine hundertjährige runzlige Schachtel vor Augen, die sich mit ihren krummen Gichtfingern an die Lehne ihres Schaukelstuhles klammert."

„Nenn dich doch Noel", schlug Lissie vor. „Ich meine, so heißt der Weihnachtsmann. Der hat immer leckere Lebkuchen und eine Rute für böse Buben bei sich!" Ein schelmisches Grinsen ließ ihr hübsches Gesicht wie eine Schießbudenfigur wirken. „Der fährt durch den Kamin in jede Hütte und erschreckt alte Damen, so dass sie sofort tot umfallen. Erspart uns den Gifttrank, und so ein Weihnachtsmann in Ausübung seiner alljährlichen Pflicht kann bestimmt nicht angeklagt werden."

„Himmel, A … und Zwirn", schimpfte Timo da schließlich entnervt, „meinetwegen, ich heiße Fridolin! Wird die Gräfin von Bedlingen nicht stören. Heißt selber Frieda", erklärte er. „Fridolin und Frieda, hm. Wir werden ein neues Traumpaar sein. Obwohl", überlegte er, „die ist ja erst vierzig Jahre alt. Noch genauso knackig wie du, Lissie."

„Also zu jung, um an Altersschwäche zu sterben", erkannte Lissie. „Und wo sie später ruhen soll: Dein Einfall mit der Bauerntruhe im Heimatmuseum ist gut, darin darf sie die nächsten Jahrzehnte hindurch liegen, während neugierige Touris ahnungslos um die Truhe herumstehen. Hoffentlich spukt die Gräfin nicht – aber das sollte eine der Aufsichtskräfte dort verhindern können." Sie lächelte Timo an. „Ist doch eure Aufgabe, oder nicht? Mumien bewachen, damit die sich nicht aus dem Staub machen, Exponate davor bewahren, von Besuchern betatscht zu werden. *Bitte nicht berühren*", erklärte sie Timo, der diese Verbotsschilder natürlich an jedem seiner Arbeitstage im Museum überall aufgestellt sah.

Lissie fuhr fort: „Lass uns überlegen: Wie geht sie also verloren? Besonders gefällt mir deine Idee, dein Ehegespenst während einer angeblichen Reise kreuz und quer durchs Gebirge, wo sie gemeinsam mit einer Fremden kraxeln möchte, als vermisst zu melden, als du so gar nichts mehr von ihr hörst. Wie ihre Reisebegleiterin heißt, hat sie dir dummerweise nicht mitgeteilt, bevor sie abgezwitschert ist. Nur eine kitschige Ansichtskarte flattert dir noch ins Haus: ,Liebe Grüße aus luftiger Höh', das Wetter ist gut, das Essen schmeckt, wir amüsieren uns prima, bla bla bla, bis bald'. Natürlich von mir mit verstellter Schrift verfasst; wie die werte Gräfin schreibt, kann ich ihrem Zettel entnehmen, den sie dir beim Pferderennen zugesteckt hat. Den sie dir heimlich in deine Jackentasche gemogelt hat, nachdem du sie beim Ausgang ,rein zufällig' beinahe gegen eine Wand geschubst hättest und ihr dann gemeinsam diesen Fauxpas mit Sekt begossen habt."

„Tja, ich weiß eben, wie man einen unvergesslichen Auftritt hinlegt", kommentierte Timo und grinste.

„Darin bist du ein wahrer Experte", meinte Lissie nur.

„Eine noch nicht beschriebene Ansichtskarte mit rosarotem Sonnenuntergang hinter Bergzacken darauf befindet sich bei mir daheim, da ich als Kind diese bunten Karten gesammelt habe", erklärte sie dann. „In dem auf der Karte genannten Ort hat niemand die Gräfin gesehen, und die Briefmarke hat ein Briefmarkenfetischist für sein

Briefmarkenalbum erhalten, deshalb klebt da keine mehr. Siehste, sogar um solche Kleinigkeiten mache ich mir Gedanken, mein Lieber, haha."

„Ehegespons heißt das übrigens", korrigierte Timo mit ernsthafter Miene, doch in seinen braunen Augen stand der Schalk.

„Häh? Ach soooo! Schlaumeier", kam es abfällig zurück.

***

„Also, FRIDOLIN, sei ein braves Kätzchen und mach der knackigen Gräfin den Hof", trieb Lissie bald ihren Liebsten an. „Bevor sie sich in einen anderen Kerl verguckt."

„Zu Befehl, BERTHA", erwiderte Timo. „Heute möchte sie mit mir gemeinsam das Wellenbad im Nachbarort unsicher machen. Hoffentlich besitzt sie einen knappen Bikini, der sich über ihrem prallen Euter spannt", malte Timo sich die Begegnung mit seiner Zukünftigen aus.

„Pass auf, dass du nicht das Sofa vollsabberst", meinte Lissie und verdrehte genervt ihre Augen. „Sonst nenne ich dich Bello wie den Köter einer Nachbarin. Die haust im Untergeschoss in einer winzigen Etagenwohnung und hat ständig Hundespucke überall kleben, an den Klamotten, im Haar, an …"

„Schon gut", unterbrach Timo ihre appetliche Aufzählung. „Lass mich doch einfach mal davon träumen, verführt zu werden von einer leckeren Adelsbraut."

Verführt dazu, seine Begleiterin mit Storys zu

67

unterhalten, wurde Timo allerdings. Denn die Gräfin von Bedlingen hatte ihre Freude an seinem Geplapper. Er war geübt darin, seine oberflächliche Allgemeinbildung zu verbergen hinter den wenigen angelesenen Weisheiten, die er im Internet fand. Die er so oft durchlas, als lerne er sie auswendig für einen Vokabeltest in der Schule. Mit denen er zunächst Lissie nervte – beeindrucken konnte er sie damit schon lange nicht mehr – und die er dann mit selbst ausgedachten Details ausschmückte.

Bei den meisten Frauen kam er gut an mit seinem Geplauder, und ließ ihr Interesse an seinen Erzählungen spürbar nach, so lenkte er sie geschickt ab, indem er zärtlich wurde und ihnen an die Wäsche ging. Befand sich genug Sekt im Glas seiner Erwählten, begann sie, ihm zu glauben. Begann, ihn anzuhimmeln und sich von seiner Aufmerksamkeit ihre Einsamkeit verdrängen zu lassen.

„Achtung, untertauchen! Der Anblick macht alle hier verrückt! Nicht, dass noch jemand über Sie herfällt. Ich kann nicht für Ihre Sicherheit garantieren, haha", rief er jetzt der Gräfin zu, die in ihrer eng anliegenden, offenherzig geschnittenen Badebekleidung hinreißend aussah. Deren weibliche Kurven so attraktiv waren, dass die männlichen Badegäste Stielaugen machten.

Timo genoss ihre neidischen Blicke und flirtete so intensiv mit der Gräfin, dass der Bademeister am Beckenrand sich hörbar räusperte und die beiden warnend anschaute.

Spielerisch schlug die Gräfin Timos Hand weg, die unter Wasser über ihren schlanken Leib strich. Die gefährlichen Regionen ihres Körpers immer näher kam, deren Finger frech und fordernd unter den bunten Bikinistoff krochen.

„Jetzt ist's aber genug, mein verehrter Fridolin", kicherte die Gräfin, wand sich aus Timos Armen und kraulte überraschend geschickt davon. Durchpflügte die lange Bahn des Schwimmbeckens, wandte sich schließlich um und schwamm zurück, bis sie vor Timo innehielt und unter Wasser mit ihren Beinen strampelte.

Spielerisch schnippte er mit seinen Fingern ins Wasser, so dass die Tropfen ihr ins Gesicht flogen.

Lachend erwiderte sie seinen Unfug, bis auch ihre bis dahin noch trockenen, sorgsam zu einem Dutt zusammengefügten Haare pitschnass waren und ihr in Strähnen auf die Schultern herabhingen.

„Verrückter Kerl", raunte sie und lächelte, „meine schöne Frisur!"

„Die müssen Sie sowieso erneut zurechtzwirbeln, verehrte Gräfin", lachte Timo übermütig, „spätestens nach einer Schlacht in den Federn."

Sie schluckte und band ihre langen, blonden Haare zu einem einfachen Pferdeschwanz zusammen. Beschäftigte sich eingehend mit ihrem Kopfputz und schwieg dabei.

War er zu weit gegangen?, überlegte Timo. War seine Bemerkung zu forsch gewesen, dafür dass sie sich heute zum allerersten Mal trafen?

„Ach, Fridolin, Sie sind mir schon einer", beruhigte die Gräfin ihn. „Außerdem – weshalb duzen wir uns nicht? Immerhin haben Ihre … ähm, deine Finger schon recht eindeutig an mir herumgefummelt, meinst du nicht?"

„Meine Finger sind so unschuldig wie die eines

neugeborenen Babys. Sie haben sich einfach verirrt, haha." Timos breites Grinsen war entwaffnend, und er wusste um seine Wirkung auf Frauen.

„Schlingel", lachte die Gräfin. „Ich hoffe, sie finden bald den richtigen Weg ..."

War das eine Einladung zu gemeinsamen Abenteuern im Bett?, überlegte Timo. Würde er schon bald herausfinden, welche speziellen Dinge sie von ihm erwartete? Erinnerungen an schlaffe Haut, die an knochigen Körpern hing, stiegen kurz in Timo auf und drohten, einen Würgereiz zu verursachen. Er versuchte, sich auf die hübsche Frau an seiner Seite zu konzentrieren.

„Schwere Gedanken, mein Prinz?", erkundigte seine Begleiterin sich, als sie seine versonnenen Blicke wahrnahm. „Soll ich dich noch heute aufmuntern? Mir ist danach zumute."

„Hm, ja", meinte Timo, „gern."

***

Als Bettgespielin ist die nicht schlecht, dachte Timo am nächsten Morgen, als er, nur mit Unterwäsche bekleidet, der Frau gegenüber am Frühstückstisch saß und in ein mit Käse belegtes Brötchen biss. Auch als kurzzeitige Ehefrau sicherlich nicht übel. Als Tote ... Er musste schlucken bei dem Gedanken daran, dem Leben dieser munteren Frau schon bald ein Ende zu bereiten. Es auszulöschen für Geld.

Dafür ist meine Lissie zuständig, sagte er sich. Meine Lissie, in deren Augen ich stärkere Eifersucht entdeckt habe als jemals zuvor. Die jetzt mit einer Konkurrentin zu kämpfen hat, die hübscher als alle vorherigen ist. Sie weiß zwar, es geht nicht um Liebe, dennoch hatte ich das Gefühl, die Blicke aus Lissies grünen Augen würden mich förmlich durchbohren, als ich mich zu der Verabredung mit meiner nächsten Ehefrau aufgemacht habe.

Zum Treffen mit meiner und Lissies nächsten Geldquelle, dachte er. Zu dem Goldesel, der uns beide in nächster Zeit in Atem halten wird. Mich auf meine Weise, Lissie auf ihre Weise als Bertha, die neue Putzfrau der Gräfin. Scheuert alles weg. WIRKLICH ALLES, auch adeliges blaues Blut.

Da meine neueste adelige Eroberung heute angeblich keine Zeit für mich hat, da sie ihrer Mutter ihren allwöchentlichen Pflichtbesuch abstatten muss, werde ich mich eben mit den Aktienkursen am PC beschäftigen, nahm Timo sich vor.

Fuhr nach heftigem Knutschen mit der Gräfin davon und saß schon bald darauf auf dem Drehstuhl vor seinem Computer. Begann, online zu spekulieren, fluchte über ein Verlustgeschäft, jubelte über einen Gewinn und war mit seinem Dasein recht zufrieden.

Zufriedener jedenfalls als Lissie, die, diesmal verkleidet mit einer hässlichen rosafarbenen Strickjacke und einer unscheinbaren straßenköterblonden Perücke auf dem Kopf, missmutig die Putzutensilien bereitstellte. Gleich würde sie damit beginnen, für Ordnung und Sauberkeit zu sorgen als die neue Putzkraft der Gräfin von Bedlingen.

Denn auch die legte Wert auf ein frisch duftendes Treppenhaus in ihrem Anwesen.

Magst du mich begleiten zu einem Ausflug ins Heimatmuseum, Liebste?", erkundigte sich Timo eines Morgens bei der Gräfin und strich über ihr Haar. Inzwischen verbrachte er die Zeit, die ihm neben seinem vorgeblichen Job als Banker blieb, ausschließlich bei Frieda.

Sie war eine Frau, die sich als eine regelrechte Klette entpuppte, so sehr vereinnahmte sie ihn bei jeder Gelegenheit. Nahm ihm allmählich die Luft zum Atmen und drohte ihm damit, sich einen jüngeren Mann zu schnappen, sollte er sich nicht ausreichend um sie kümmern. Eine Frau, die alles besser wusste und ihn dermaßen reizte, dass er seine zu Fäusten geballten Hände hinter seinem Rücken verbergen musste, wollte er nicht hemmungslos zuschlagen.

Seine Aggressionen tobte er an Gegenständen aus, die dann durch die Räume flogen und gegen Wände prallten. Immerhin besitzen diese Dinger keine Gefühle, rechtfertigte er sich vor sich selbst für seine ungehemmten Gewaltausbrüche, die er natürlich niemals in Gegenwart der Gräfin auslebte. Solche Explosionen taten ihm gut; aber die nächste würde nicht lange auf sich warten lassen, denn die Frau schien keinerlei Gespür dafür zu haben, was ihre ständigen Frotzeleien bei ihm anrichteten.

Heute also würden sie sich gemeinsam alte Möbel ansehen, die einst Menschen benutzt hatten, deren Leben wohl deutlich schwerer als ihres gewesen war. Allein schon die mühsame Art, Wäsche zu waschen! Timo stand vor einem uralten Bottich, in dem einst Hausfrauen die Unterhosen ihrer Ehemänner hatten reinigen müssen.

„Vorsintflutlich", kommentierte er. „Die Wäsche war sauber, der Rücken kaputt. Armes Weiblein."

„Interessant, diese Exponate. Alles so liebevoll zusammengetragen", fand die Gräfin, als Timo und sie händchenhaltend vor einer großen, mit prächtigen Schnitzereien verzierten Truhe standen. „Was für eine wunderbare Idee, sich mit der Lebensweise unserer Vorfahren vertraut zu machen. Wie einfach und beschwerlich deren Dasein doch war. Schau mal, hier drin hat die frisch verheiratete Hausfrau ihre gesamte Habe aufbewahrt! Und wer weiß, vielleicht haben ihre Kinder darin auch Verstecken gespielt, solange sie noch klein genug waren, um hinein zu passen. Haben den Deckel über sich zugeklappt und ihre Spielkameraden nach sich suchen lassen. Haben dort womöglich heimlich Kekse gegessen und alles in der Truhe vollgekrümelt, bis die Mutter ihnen auf die Schliche kam, sie hinausjagte und ..." Frieda überlegte. „Und die Truhe verschloss", meinte sie und strich mit ihrem Zeigefinger sachte über das Vorhängeschloss daran.

Automatisch entfuhr Timo sein Standardspruch, sobald die Besucher an seinem Arbeitsplatz sich so etwas herausnahmen: „Bitte nicht berühren!" Er wies auf das Schild neben der Truhe.

Verflixt, ging es ihm gleich darauf durch den Kopf, ich darf mich nicht verraten. Immer erst nachdenken, dann reden, schärfte er sich ein. Ist mir schon in Fleisch und Blut übergegangen, dieser Spruch für unbedachte Museumsbesucher. Berufskrankheit, haha.

Frieda war unwillkürlich zusammengezuckt bei Timos Ansprache und einen Schritt zurückgetreten. Sah ihn nun mit neckisch schiefgelegtem Kopf an wie ein Kind, das eine Dummheit gemacht hat und dafür getadelt worden ist, und grinste.

„Vertrittst du etwa den Aufsichtsfritzen hier?", erkundigte sie sich und blickte suchend umher. „Keiner von denen zu sehen, die machen wohl gerade Pause", stellte sie fest. „Stört doch somit niemanden, wenn ich das Holz tätschle!"

Doch, mich, wurde es Timo klar. Mich stört es, wenn Besucher wertvolle alte Einzelstücke antatschen. Wenn sie auf der Oberfläche die Abdrücke ihrer Pfoten hinterlassen, mit denen sie gerade eben noch in ihrer Nase gebohrt oder sich den Allerwertesten abgewischt haben. Bin schon zu lange Aufsichtskraft, als dass mich das kalt ließe. Wortlos wandte er sich ab und ging langsamen Schrittes weiter.

Das Bild der geräumigen Truhe speicherte er im Hinterkopf. Dort hinein passen nicht nur Kinder, überlegte er beim Anblick der schlanken Frau neben sich.

***

Liebster Fridolin, du glaubst nicht, wie herrlich es hier ist!, begann Lissie auf die bunte Ansichtskarte zu schreiben. *Diese reine Luft, die einfachen und dabei schmackhaften Mahlzeiten, Icki und ich genießen unsere*

Sommerfrische mit allen Sinnen, fuhr sie schwärmerisch fort und tippte dann gedankenverloren mit dem Griff des edlen Kugelschreibers gegen ihr Kinn. Wie weiter? Genau: *Die Sonnenuntergänge sind prächtig. Ein Maler am Nebentisch hat schon seine Staffelei aufgebaut und die Farben gemischt. Gefährlich nahe am Abhang beginnt dieser wagemutige Mann jetzt zu malen. Sollte mir sein Gemälde gefallen, ich werde es ihm abkaufen – es bekäme daheim einen Ehrenplatz über der Anrichte.*

Lissies Buchstaben wurden immer kleiner, denn der Platz auf der Karte war natürlich beschränkt. Also folgte nur noch *Sehnsüchtige Grüße an Dich, mein Liebster, wir sehen uns ja bald wieder. Deine Frieda*

Genau, MEINE FRIEDA, dachte Timo, als er die Karte las, die Lissie handschriftlich ausgefüllt hatte. Icki, was für ein bescheuerter Spitzname meiner Liebsten doch eingefallen ist. Aber der richtige Name der angeblichen Reisebegleiterin, mit der die Gräfin gemeinsam eine Tour durchs Gebirge unternehmen wollte, der darf mir ja nicht bekannt sein. Keine nachvollziehbaren Spuren. Für niemanden. Schon gar nicht für neugierige Schnüffelnasen, die feststellen wollen, wo die Gräfin geblieben sein könnte.

„Vom Berg gestürzt wird sie sein, ein Fehltritt, und das war's! Ich, der arme gramgebeugte Ehemann, kann leider keinerlei brauchbaren Angaben machen, so überstürzt, wie meine Liebste abgerauscht ist mit einer Fremden, die sie ihren Worten zufolge im Park kennengelernt hat. Die ihr gleich so sympathisch gewesen ist, dass sie zu einem gemeinsamen Aufenthalt mit ihr aufgebrochen ist, sobald die andere vom Gebirge geschwärmt hat. Spontan wie üblich aufgebrochen ist die Gräfin, um im Gebirge auf abenteuerlichen Pfaden zu wandern. Und außer einer kitschigen Karte hat sie leider kein Lebenszeichen hinterlassen", erklärte er und wedelte vergnügt damit in der Luft herum.

Lissie nickte: „Ja, genau so soll es ablaufen. So WIRD es ablaufen", bekräftigte sie.

„Das hast du prima gemacht", lobte Timo sie und betrachte das bunte Bild auf der Vorderseite der Karte.

Diese Postkarte war Lissie zufolge uralt und stammte aus einer Sammlung, die sie als Kind angelegt hatte, wie Timo wusste.

Müsste schon mit dem Teufel zugehen, wenn jemand irgendein passendes Kaff in der Nähe des abgebildeten Bergmassivs findet, dachte er. Außerdem wird in keinem dieser Orte jemand zwei Frauen aus Norddeutschland gesehen haben, von denen eine wie die Gräfin ausgesehen hat. Ratloses Achselzucken wird die einzige Antwort auf neugierige Fragen sein.

***

„Eingerahmt neben dem Hochzeitsfoto wird diese Karte als Andenken über dem Bett hängen. Als Erinnerung daran, wie rasch der Alltag eine Ehe überwuchern und wie plötzlich ein menschliches Dasein zu Ende sein kann", meinte Timo zu Lissie.

Beide grinsten sich einvernehmlich an. Zwei Menschen, ein Plan. Zwei Gewinner, eine Verliererin. So einfach.

„Vor allem wird klar, wie schnell eine Ehefrau ihres Gemahls offenbar überdrüssig werden kann. Könnte Frieda nicht mir eine Reise ins Gebirge vorschlagen? Sie wird mich nicht einmal fragen, und das wird mich sehr traurig machen. Soooo traurig."

Als sie Timos traurigen Hundeblick sah, der seine Worte begleitete, begann Lissie zu kichern.

Er warf ihr einen schelmischen Blick zu und setzte fort: „Natürlich würde ich eine solche Idee ablehnen, denn ich kraxle nicht gern in den Bergen herum. Das weiß jeder, der mich kennt. Urlaub bedeutet für mich stets Meeresrauschen, Wellen, Bootstouren. Nicht über Geröll klettern und mir die Haxen brechen wie einst mein Cousin. Nicht einmal für meine Angetraute würde ich mich dafür hergeben!"

Lissie nickte. „Bist ja auch klüger als dein Tittenwunder", kam es von ihr, und sie klang eifersüchtig. „Wie hat die dich abgeschleckt in der Kirche, der Pfaffe mochte euch schon gar nicht mehr zusehen. Der hat einen knallroten Kopf bekommen und sich dauernd an seiner Kleidung zu schaffen gemacht. Wer weiß, wie sich eure sichtbare Vorfreude auf ‚Bettspiele‘ auf den ausgewirkt hat, haha!" Unbewusst drehte sie den Ring an ihrem Finger, bis der Marienkäfer darauf kopfunter hing.

„Tja, unsere Hochzeit!", erinnerte sich Timo mit Grausen. „Rüschig, plüschig, fürchterlich; da hat meine sonst so moderne Braut sich von Frauengazetten leiten lassen. Und jetzt, fast zwei Monate nach der Trauung, ist mein Anzug recht eng geworden. All das leckere Essen hinterlässt allmählich Spuren", meinte er.

„Bald wird endlich wird Bewegung in euer lästiges Eheleben kommen", verkündete Lissie. „Danach hast du wieder deine Ruhe und endlich wieder Zeit für mich." Ein weiterer Dreh; das winzige Käferchen saß nun wieder oben auf ihrem Finger.

„Hm", machte Timo nur und dachte sich: Hauptsache, mein Konto wird dicker. Besser das, als mein Wanst. Er zog unwillkürlich seinen Bauch ein.

***

Nur ein paar Tropfen hat Lissie benötigt, und mein Eheweib ist in ewigen Schlaf gefallen, erinnerte sich Timo einige Wochen darauf. Anschließend haben Lissie und ich sie in einen alten Teppich eingerollt, der vorher mit Katzenstreu ausgelegt worden war; soll Gerüche hemmen. Haben sie zu einem handlichen Paket zusammen geschnürt und danach ist sie heimlich in der großen Truhe im Heimatmuseum gelandet. Bald nachdem meine Frieda verschwunden ist, habe ich eine Vermisstenanzeige aufgeben.

Nun heißt es ‚warten‘, sagte er sich. Ein Jahr lang geduldig warten, bis eine Todeserklärung zulässig ist und ich das Erbe antreten kann. Währenddessen kann ich mich, natürlich unter einem anderem Namen, bereits mit meinem nächsten Opfer vertraut machen.

Den Zugang zu den Räumlichkeiten des Museums habe ich mir leicht verschaffen können, denn ein ehemaliger Kollege von mir jobbt inzwischen dort als Hausmeister. Bei dem hab ich noch etwas gut nach einem Vorfall, der ihn damals seinen und mich beinahe auch meinen Arbeitsplatz gekostet hat. Ich durfte bleiben, er musste gehen.

Noch ein Vorwurf gegen ihn, und er darf die Luft durch Gitterstäbe hindurch atmen; ich habe ihn in der Hand. Der Kontakt zwischen uns beiden besteht noch, und vergessen ist die Sache nicht. Soll er doch ruhig Angst haben und sich Sorgen machen darum, wer in Zukunft das Dach über den Köpfen von Frau und Tochter bezahlt, und wovon die sich etwas zu Essen kaufen können. Ja, auch sein derzeitiger Job steht auf wackligen Füßen, solange sich noch jemand an damals erinnern kann. Nämlich ich.

Timo zog einen Schlüssel aus seiner Jackentasche und klimperte vergnügt damit herum.

‚Jederzeit freier Eintritt‘, dachte er, warf ihn spielerisch hoch, fing ihn wieder auf und verstaute ihn erneut sorgfältig. Diesen Schlüssel behalte ich, nahm er sich vor.

Jetzt noch ein fetter Gewinn an der Börse, und der Tag ist gerettet, überlegte er kurz darauf, fuhr seinen PC hoch und begann, sich mit Aktien zu beschäftigen. Mal sehen, um wieviel Geld ich Lissie heute heimlich erleichtern kann, um zu spekulieren.

Schließlich muss es Asche regnen! Geld, nur für mich.

*B*ernhard!", krähte Lissie vergnügt. „Nun sag nicht, dass dir auch dieser Name nicht gefällt, lieber Timo!" Geschickt wich sie seinem spielerischen Hieb auf ihre Wange aus.

„Und du? Welchen Namen möchte die gnädige Putzperle sich selbst diesmal geben?", erkundigte sich Timo. „Inge-Emma-Elisabeth? Adele-Elvira-Wilhelmina-Hannelo ..." Weiter kam er nicht, denn Lissie presste ihn mit ihrer linken Hand gegen die Wand und hielt ihm mit der rechten den Mund zu.

„Eleanor", beschloss sie und ließ Timo wieder los.

„Is' ja mal was Neues", kommentierte Timo. „Und wie heißt die alte Hexe, um die wir uns demnächst kümmern müssen? Du hast mir erzählt, du hättest auf einem Wohltätigkeitsbasar zufällig ein passendes Exemplar kennengelernt. Ihr sei irgendein Krempel runtergefallen und du hättest es aufgehoben, ganz die hilfsbereite Person, die du bist. Die du immer bist, solange du nicht mit einer Giftmischung hantierst, haha."

Lissie wartete kurz und erklärte dann: „Sie ist eine hochwohlgeborene Gräfin. Ihr Name lautet ‚Gräfin zu Margenthal'. Ungefähr sechzig Jahre alt, dezentes Auftreten, wertvolle Perlohringe, einen teuren Ehering – hm, ihr Gemahl ist vor einem Jahr verstorben, aber sie trauert nicht wirklich um ihn, wie sie mir anvertraut hat. War wohl ein reiches Ekel, der Verblichene. Ach, die

Männer! Wie gern würde sie endlich auf einen treffen, der sie auf den Händen trägt! Oder auf den Arm nimmt, haha. Bist du kräftig genug dazu, BERND?"

„Bernhard", verbesserte Timo. „Schon vergessen, wie wir in Zukunft heißen? Und ja, genug Muskelschmalz habe ich, sonst könnte ich einen Elefanten wie dich nicht hochheben!" Sprach's, packte Lissie und warf sie sich über seine Schulter. Als sie heftig zappelte, ließ er wieder zu Boden gleiten.

„Übrigens, auch eine Giftmischung zu verwenden fällt für mich unter ‚Hilfeleistung', denn sonst könntest DU sie schließlich nicht beerben und WIR müssten uns einschränken, Liebster", schnurrte Lissie, als sie wieder zu Atem gekommen war, und schmiegte sich an Timo. „Also, die Gräfin war sooo dankbar, da musste sie mich gleich zu einem Glühwein am nächsten Stand einladen. War lecker … und unser Gespräch recht interessant." Sie öffnete die Tür der Geschirrspülers, der in Timos Küche stand, und begann, ihm das saubere Geschirr zu entnehmen und in den Küchenschrank zu stellen.

Seine Stirn gerunzelt, beobachtete Timo, wie Lissie nun die Gabeln herausnahm und sie dann langsam und sorgfältig nebeneinander in den Besteckkasten in die Küchenschublade legte.

Genervt ergriff Timo einige der Gabeln und warf sie absichtlich in ein anderes Fach hinein. „Pingeliges Puttchen", meinte Lissie ihn abfällig raunen zu hören. „Brauchst du noch ein Lineal zum Abmessen, oder wie?"

Wortlos atmetet Lissie tief aus, stellte die Ordnung in der Schublade wieder her und verharrte anschließend bewegungslos neben ihrem Liebsten, ihren Kopf ängstlich eingezogen. Sie kannte Timos Temperament.

„Also, du hast einen Wohltätigkeitsbasar besucht", erinnerte er sie daran, dass sie seinem zukünftigen Opfer behilflich gewesen war. „Wie schön. Hast du denn eine Idee, wo die Dame sich herumtreibt, damit ich ihr auch mal untertänigst zu Hilfe eilen darf?", fragte er.

„Hm, ich glaube, ja", nickte Lissie. „Sie nimmt an jedem, ich wiederhole ihre Worte, AN JEDEM Wohltätigkeitsbasar teil, der im Umkreis von etwa hundert Kilometern stattfindet. Ihr Wohnsitz ist das alte Schloss auf der Bergkuppe, den Bau hast du bestimmt auch schon gesehen. Hat viele Türmchen und Erker und sonstigen Schnickschnack, wie ein Kleid mit unzähligen Rüschen. Ist rosa angestrichen. Davor wurde schon vor Jahren ein großer Irrgarten angelegt, der für die Öffentlichkeit zugänglich ist. In dem habe ich mal mit meinem Ex Verstecken gespielt … War lustig und hätte uns fast eine Anzeige wegen Erregung öffentlichen Ärgernisses eingebracht, als wir uns zu sehr an die Wäsche gehen wollten", erklärte Lissie und musste grinsen, als Bilder vor ihrem inneren Auge aufstiegen. Bilder von tobenden Kindern, die im unpassendsten Moment durch eine Lücke in der Hecke schossen und verlegen vor Lissie und ihrem damaligen Freund stehenblieben, deren Klamotten wild verstreut im Gras lagen. Zwei Mütter, die den Gören hinterher gelaufen kamen und zu schimpfen begannen.

Ich hab mich noch nie so schnell wieder angezogen, erinnerte Lissie sich. Und mein damaliger Lover bekam in seiner Aufregung den hakenden Reißverschluss seiner

Jeans nicht zu, so dass ein Zipfel seines T-Shirts gut sichtbar heraushing.

„Also, recherchier doch mal, wann und wo genau der nächste Wohltätigkeitstrubel stattfinden soll", bat Timo nun seine Liebste. „Damit du dich bei ihr wieder in Erinnerung bringen und dich um einen Job bei ihr bewerben kannst. Warum hast du sie eigentlich nicht gleich danach gefragt, bist doch sonst so pfiffig?"

„Weil ich mich schon zum Gassigehen mit ihrem Köter angeboten habe", hielt Lissie dagegen. „Mal was anderes als ihr Klo zu putzen. Ihr Fiffi mit dem Namen Brigitte - von ihr ausgesprochen klingt es wie ‚Brrieschiede' - ist ein niedliches Tierchen im Handtaschenformat, so ein ..." Sie überlegte. „Ein recht kleines Viech halt", entschied sie dann, da sie von Hunderassen keine Ahnung hatte. „Du weißt, große Hunde flößen mir Angst ein, mit denen würde ich mich ungern näher beschäftigen müssen."

„Grrr", machte Timo belustigt und fletschte seine Zähne. „Ich beiß' dich gleich!"

„Kommst' an die Leine, wenn du nicht artig bist", entgegnete Lissie. „Sie schätzt übrigens nur Männer, die auch Hunde mögen. Die sich mit ihrem Köter anfreunden und sich nicht über das Tierchen lustig machen."

„Ich werde nicht nur die Gräfin, sondern auch ‚Brrieschiede' auf Händen tragen", verkündete Timo. „Und dem Hündchen immer ein Leckerli geben, wenn ich das Frauchen besuche."

„Genau, schleim' dich ein", schlug Lissie vor.

***

83

Der nächste Wohltätigkeitsbasar ließ Timo AUS VERSEHEN gegen die Gräfin stoßen, so dass AUS VERSEHEN der Kaffee aus ihrem Becher schwappte. AUS VERSEHEN landete die heiße Brühe genau in ihrem Ausschnitt und hinterließ dunkle Flecken auf ihrem seidigem Oberteil und auf ihrem Busen; sie jaulte auf, als die heiße Flüssigkeit über ihre Haut rann. AUS VERSEHEN tupfte Timo anschießend so intensiv mit einem Papiertaschentuch an der Stelle herum, dass sich Tuchfetzen lösten und an der Kleidung der Gräfin hängenblieben. Und AUS VERSEHEN zog Timo in dem Augenblick, als die Gräfin einen Schritt nach hinten trat, einen Klappstuhl zur Seite, so dass die Frau AUS VERSEHEN in seinen kräftigen Armen landete, aus denen Timo sie MIT ABSICHT erst nach einer Weile wieder entließ.

„Ach", seufzte die bekleckerte Gräfin, „wie dschön, von einem attrracktiehven Mann so liehbevoll aufgefangen zu werrden! Sie sind ein wahrerr Schentelmänn. Und so hilfsberreiht!"

Und Sie haben offenbar einen leichten Sprachfehler, lag es Timo auf der Zunge.

„Wozu gibt es richtige Männer?", meinte er nur. „Zum Auffangen der Damen in jeder Lebenslage, haha." Er blinzelte ihr verschmitzt zu.

Sie grinste zurück.

„Achtung, Ihr Hund!", konnte er dann die Gräfin gerade noch warnen, denn der Vierbeiner hatte sich geschickt aus seiner rosafarbenen Leine herausgewunden, war zu der

Kaffeepfütze auf dem Dielenboden gehopst und begann, das Gebräu abzuschlecken. Die Gräfin machte keine Anstalten, das Tier davon abzuhalten.

„Kaffee für einen Hund?" Timo war irritiert. „Würd' ich mir überlegen, werte Dame. Nicht, dass es dem Kleinen schadet", gab er zu bedenken.

„Derr Kleihnen. Es ist ein Frrrolleihn", korrigierte die Gräfin ihn, „außerrdeem ist derr Kaffee nur noch lauwaahm. Meine Brrieschiede … sie heißt wie eine berrümmte Schauspielerrin, wissen Sie", erklärte die Gräfin. „Sie maag Kaffee gerrn. Und sie ist so gelenkich, sie könnte im Zirrkuss auftrrehhten als Entfeeselunkskünstlerrin, haha."

Ohje, in ihrer Nähe sollte ich mir besser die Ohren zuhalten, dachte Timo. Oder der Frau einen Duden schenken.

„Ich bin Berrnhaard … ähm, Bernhard", stellte er sich vor.

„Heidelinde", kam es zurück. „Die Grräfin zu Marrgenthaal", vervollständigte sie.

„Heidelinde, was für ein eleganter Name", schnurrte Timo. „Der passt ausgezeichnet zu einer vornehmen Dame wie Ihnen."

„Im Wald und auf derr Heide", lächelte die Gräfin. „Diesen Sprruch hatte mein verstorrbener Gemahl stets bei derr Begrrüßung auf den Lippen. Kindskopf", schob sie nach und verzog ihr Gesicht.

„Sind nicht alle Männer Kindsköpfe?", wollte Timo wissen. „Unreife, egoistische große Jungs? Die nur an eines denken?"

Sie schaute ihn überrascht an, dann lachte sie. „So hat es noch keinerr meinerr Bekanntenn auf den Punkt gebrracht! Sie sind köstlich, einfach kööhstlich", lobte sie Timo. „Wirr sollten uns mal in Ruuhe miteinanderr unterrhalten, finden Sie nicht auch … Berrnharrt? Meine Visitenkarrte", meinte sie und zog etwas aus ihrer Handtasche. „Ich würrde mich frreuen, Sie … ach was, DICH daheim begrrühßen zu dürrfen. Und", ihr Mund näherte sich Timos linkem Ohr, „verrnaaschen zu dürrfen."

Upps, die geht aber ran, dachte Timo und konnte nur wortlos nicken.

„Heute abent um aacht Uhrr?"

Erneutes Nicken. „Abgemacht, ich bin da", erwiderte Timo und war zufrieden.

Die Gräfin zappelte in seinem Netz. Er würde sie nicht mehr entkommen lassen.

*F*ür dein Alter bist du ja noch ausgesprochen rüstig, liebe Heidelinde", schmeichelte Bernhard alias Timo seiner inzwischen vor sechs Wochen Angetrauten. „Also, DAS würde ich mich niemals trauen!"

„Ich habe dich nie fürr einen Feichling gehalten, Liebsterr. Höchstens fürr zu vorrsichtich", kam es mit einem kaum hörbaren tadelnden Unterton in der Stimme von der Gräfin zurück. „Nun gut, ich bin da drraußen ohnehin am liebsten allein unterrweeks. Das verrmittelt mier ein unglaubliches Gefühl von Frreiheit, weißt du. Die unendliche Weite, der Horrizond, derr kein Ende zu nehmen scheint. Ich glaube, das habe ich von meinem seeligen Herrn Papa. Er warr ein Abenteurer durrch und durrch und verantwortlich für viele grraue Haarre auf dem Kopf meinerr besorrchten Mama. Doch überrstand er jede seinerr Expeditionen unverletzt und warr stolz auf die Berrichte in den Meehdien, die überr ihn, den wagemutigen Mann, verröffentlicht wurrden."

„Pass auf dich auf, Liebste", bat ihr Ehemann seine Heidelinde nun und küsste sie innig. So innig, wie zwei sich liebende Menschen einander küssen, wenn sie sich für einige Stunden voneinander trennen. Stunden, in denen die unternehmungslustige Gräfin ihrem Hobby, dem Kanufahren, nachgehen würde. Stunden, die ihr Angetrauter vielleicht in banger Sorge – oder in gespannter Hoffnung - mit dauerndem Blick zur Uhr verbringen würde. Was, wenn ihr etwas geschähe? Was, wenn ihr NICHTS geschähe?

„Ich hoffe, du soorkst dich nicht zu sehrr um mich, Liebster", meinte die Gräfin zu ihrem Gemahl. Sie umarmte ihn noch einmal und griff zu ihrer Ausrüstung.

„Du weißt doch, wie sehrr ich es schätzte, auf dem Meer zu paddeln, meinen Gedanken nachhängen zu können, die frrische Luft einzuatmen, die saachten Wellenbewegungen zu errleben, die Schreihe der wilden Möwen am blauen Sommerhimmel zu höhren und völlig vom Alltag entrrückt dahinzutrreiben. Der Gefahrr bin ich mir bewusst und eine umsiechtige Sportlerin. Nur ein plötzlicher Wetterrumschwunk könnte mich in errnste Gefahr bringen", beruhigte sie Timo und stieg in ihr Auto, um zur nahen Nordsee aufzubrechen. „Aber so schlimm wirt's heute schon nicht werrden."

Timo blickte ihr hinterher, als sie ihren Van zügig um die nächste Ecke steuerte und seinen Blicken entschwand.

Sollte sie nicht, wie verabredet, am Abend zurückgekehrt sein, würde er als ihr Ehemann, offenbar in Panik, zusammen mit einem alarmierten Suchtrupp den Strandabschnitt absuchen, von dem aus seine Frau wohl gestartet war. Bald darauf würden sie die Überreste des Kanus einige hundert Meter entfernt im Schilf entdeckten. Nur noch von hohen Wellen grausam zerfetzte Reste würden sie dort finden.

So Timos Plan, den er gemeinsam mit Lissie noch spätabends telefonisch ausgeheckt hatte, nachdem seine Ehefrau ihn mit der Ankündigung überrascht hatte, am folgenden Tag spontan zu einer Kanufahrt auf dem Meer aufbrechen zu wollen. So spontan, dass Timo keine Zeit mehr dazu geblieben war, das Kanu zu manipulieren. Zumal der Gärtner, ein langjähriger Vertrauter Heidelindes, das Kanu bereits auf dem Dach ihres Vans befestigt hatte. Wäre Timo so mutig gewesen, es wieder vom Dach zu heben und mit einem heimtückischen Riss zu versehen – den kritischen Blicken des Gärtners wäre dies wohl nicht verborgen geblieben, so oft, wie der noch des Nachts ums Haus herum Patrouille lief.

Schärfer als ein gut abgerichteter Wachhund ist der knorrige Alte, außerdem seiner Gräfin treu ergeben, hatte Timo gedacht und seine Finger vom Kanu gelassen.

Der Wettervorhersage zum Trotz – ein Sturmtief wurde erwartet - war die Gräfin losgefahren. Timo hatte beschlossen, sie noch vor ihrem Start abzufangen und in der Einsamkeit der abgelegenen Bucht in die ewigen Jagdgründe zu befördern, danach ihr Kanu zu Kleinholz zu zerhacken und ein Stück entfernt zu deponieren. Die Tote würde er anschließend in einem Plastiksack, umhüllt von Sägemehl, im Kofferraum seines Vans transportieren. Danach käme der sorgfältig verpackte Körper in eine der drei scheußlichen Original-Ritterrüstungen, die in der großen Eingangshalle der Villa standen.

„Nordsee ist Mordsee", murmelte Timo. Und diesmal dürfte er das Erbe sicherlich ohne vorherige Wartezeit antreten. Eine Leiche wäre dort draußen natürlich nicht zu finden, die ruhte in der Ritterrüstung.

Als Zeuge wird der Gärtner der Polizei mitteilen, wie er den Abschied der Eheleute voneinander verfolgt hat, dachte Timo.

***

Heidelindes Gatte Bernhard wirkte merkwürdig angespannt, überlegte der Gärtner, der den Aufbruch der Gräfin verfolgt hatte. Er wandte sich ab, um weiter die Hecke zu schneiden, die das Grundstück umgab. Bernhard, der mir von Anfang an ein komisches Magenzwicken verursacht hat. Der mir von dem Moment an als ein zwielichtiger Geselle erschienen ist, als er mir von der Gräfin vorgestellt worden ist. Nun gut, wo die Liebe hinfällt, habe ich mir gedacht und meiner geschätzten Arbeitgeberin alles Gute gewünscht. Mir jedoch vorgenommen, ihren Zukünftigen, so liebevoll er sich auch geben mag, kritisch im Auge zu behalten.

Nun ist meine geliebte Gräfin, eigenwillig wie immer, spontan auf und davon, um allein auf dem wildbewegten offenen Meer zu paddeln. Sie hat mich gestern Abend darum gebeten, das Kanu für sie auf dem Dach ihres Autos zu befestigen, wie sie es immer macht – ihr Bernhard hat doch zwei linke Hände, haha.

Und ich habe ihr natürlich geholfen. Mache ich doch gern. Dabei habe ich mal wieder nachgesehen, ob das Kanu noch in Ordnung ist: Ja, es ist in einwandfreiem Zustand. Damit darf meine Gräfin sich unbesorgt aufs Meer begeben. Selbst ein Unwetter dürfte ihr und dem Kanu nicht viel ausmachen.

Falls nicht jemand absichtlich für Gefahr sorgt. Diesem Bernhard traue ich es leider zu, dem Gefährt einen Riss zuzufügen, der es sinken lässt, je länger es sich auf dem

Wasser aufhält. Wenn die Gräfin das bemerkt, ist sie schon weit draußen. Zu weit entfernt vom Land ...

Dann wäre Bernhard fein raus als ihr Erbe. Dieser schleimige Kerl, der sich an sie herangemacht hat.

Was für garstige Gedanken ich doch habe, hielt sich der Gärtner beschämt vor und schnippelte weiter an der Hecke. ,Schnipp Schnapp‘, machte die Heckenschere. ,Schnipp Schnapp‘, fielen viele kleine Zweige zu Boden und ließen die Grünpflanzen wieder gepflegt aussehen.

Die gleichmäßige Bewegung und die harmlos wirkenden Wolken am Himmel ließen den Gärtner allmählich zur Ruhe kommen, und er wünschte seiner Gräfin in Gedanken eine angenehme Fahrt über die Wellen.

***

„Verflixt, wenn die dusselige Kuh nicht TATSÄCHLICH so überstürzt zum Paddeln aufgebrochen wäre, hätte eine erfundene Story darüber gereicht. Dann müsste ich nicht ihr Kanu zerdeppern und vor allem: ich müsste Heidelinde nicht abmurksen! Davor graut mir am meisten, ich habe darin nicht soviel Übung wie du, Liebste. Aber ich konnte sie nicht mehr davon abbringen“, schloss Timo mit kläglicher Stimme, als er Lissie am Telefon von den neuesten Vorgängen erzählte.

„Stimmt, so etwas erledige ich meist mit meiner Giftmischung“, bestätigte Lissie. „Jemandem die Luft abdrücken oder ihn erschlagen – nee, das könnte ich nicht. Dazu bin ich zu zartbesaitet, haha. Und vermutlich auch körperlich nicht in der Lage dazu, wenn das Opfer sich wehrt.“

Dann überlegte Lissie: „Hätten wir nicht einfach abwarten können? Wir hätten einen erfundenen Unfall in einigen Wochen als Vermisstengrund vorschieben können. Ich hätte ihr wie immer Tropfen gegeben und sie wäre eingeschlummert.“

„Du hast den skeptischen Blick des Gärtners nicht gesehen, Lissie. Das ist kein Dummkopf, und ich befürchte, der hätte mir die Geschichte nicht abgenommen und wäre zur Kripo gerannt. Rauswerfen kann ich den Mann leider nicht, der gehört schon zum Inventar hier. Die Gräfin hängt an ihm, seitdem er mal ihre Brrieschiede in letzter Sekunde davor bewahrt hat, von einem Auto plattgefahren zu werden. Den verhätschelt sie beinahe ebenso wie ihren Köter mit Leckerlis. Der könnte uns gefährlich werden“, erklärte Timo. „Und noch ‚ne Leiche möchte ich hier nicht entsorgen. Der lange Kerl passt in keine der Ritterrüstungen hinein, die Leute sind früher eben kleiner gewesen. Aber jetzt muss ich los, Heidelinde noch erwischen“, meinte er, legte auf und sprang in seinen eigenen Van, um seiner Ehefrau zu folgen.

An den Gärtner und dessen wissende Blicke konnte sich Lissie sehr wohl erinnern. Sie war ihm einmal begegnet, als sie den Hund ausführen wollte, und er hatte sie intensiv angestarrt. Als ob er in sie hineinschauen könne wie in eine gläserne Figur und jeden ihrer Gedanken lesen könne. Als ob sie vor diesem Mann nichts verbergen könne.

Sie hatte sich in seiner Nähe äußerst unwohl gefühlt und war unwillkürlich einen Schritt zurückgewichen. Während der elende kleine Kläffer begeistert an ihm hochgesprungen war und sich von ihm hatte kraulen lassen. Natürlich mit Leckerlis bestochen, die der Gärtner offenbar immer in seiner Hosentasche bei sich hatte.

Beste Freunde, hatte Lissie gedacht und sich vorgenommen, diesem Mann möglichst aus dem Weg zu gehen.

W o steckt mein Eheweib denn nur?", zeterte Timo, während er mit vor Anstrengung verzerrtem Gesicht mühsam durch den Sand lief, bei jedem seiner Schritte einsackte und eine deutlich sichtbare Spur hinterließ – das Hochwasser würde sie bald wieder verwischen. Er fluchte so laut, dass eine Möwe sich kreischend von ihrem Sitz auf einem Findling erhob und davonflog. Der Wind wehte bereits stärker, so dass Timo sich stellenweise dagegen stemmen musste, um voranzukommen.

„Vor allem, weshalb kann ich keine Fußspuren von Heidelinde finden? Nicht einmal das Auto, mit dem sie hergefahren ist, habe ich irgendwo entdecken können, und das ist ja wirklich nicht zu übersehen?", maulte er und mühte sich weiterhin durch den Sand.

„Hat Heidelinde sich schwebend über dem Strand bewegt wie ein Vogel?", fragte er dann laut das Büschel Strandhafer, in das er fast gestolpert wäre. Spuckte anschließend einige Sandkörner aus, die ihm in den Mund geraten waren, und presste dann seine Lippen zusammen. Idiotischer Gedanke, schalt Timo sich. Natürlich nicht.

Er hatte seinen eigenen Van ganz in der Nähe geparkt; Heidelindes Fahrzeug sollte schließlich später von der Suchmannschaft gefunden werden.

„Zum Donnerwetter, noch mehr abgelegene Strände sind hier nicht, sie muss hier starten wollen", schimpfte er schließlich und raufte sich seine Haare, die durch die immer heftiger werdenden Windstöße ohnehin bereits in alle Richtungen abstanden.

„Wenn ich noch lange brauche, um sie rechtzeitig zu finden, hat sich der gesamte schöne Plan erledigt", erkannte er und trat vor Wut so heftig auf eine der aus dem Watt ragenden Muscheln, dass das Gehäuse zerbrach. Erschöpft wollte er kurz innehalten und blieb stehen. Zuckte jedoch gleich darauf zusammen, als er eine weibliche Stimme vernahm. Eine ihm sehr vertraute Stimme …

„Blödes Ding!", hörte er Heidelinde giften und wollte zu der Stelle hinter einer dicht mit Schilf bewachsenen leichten Anhöhe schleichen, die durch vom dorthin gewehten Sand entstanden war.

Fast wäre Timo dabei gegen die offene Fahrertür des dort abgestellten Vans geprallt, mit der die Gräfin unterwegs war. Blitzschnell ging er in die Hocke und verbarg sich hinter dem Fahrzeug. Hatte Heidelinde ihn bemerkt?

Vermutlich nicht, denn im Beisein anderer Menschen würde sein wohlerzogenes Frauchen nicht mit solch derben Ausdrücken um sich werfen, wie sie es gerade tat.

Die flucht ja wie schlimmer als ein Bauarbeiter, dachte Timo. Woher kennt sie solche unterirdischen Begriffe?

Plötzlich verstummte Heidelinde. Nur noch die stärker werdenden Windböen, die die Brandung übertönten, waren zu hören, dazu das scheinbar spöttische Kreischen eine Möwe, die über ihm geruhsam ihre Kreise zog. Vorsichtig linste Timo um die Kante des Autos herum.

Da sah er seine Frau, die stets so penibel zurechtgemachte Gräfin, wie sie unterhalb des Kanus ans Auto gelehnt stand. Ihre Haare wehten wild um ihren Kopf herum, ihre Augen hatte sie geschlossen, ihre Kleidung war schlammverschmiert. Das Bild einer vollkommen entnervten Frau. Offenbar hatte sie es nicht geschafft, das Kanu aus der Halterung zu befreien, in der es am Dachgepäckträger des Vans befestigt war. Sie starrte Timo an, sichtlich überrascht darüber, ihn hier anzutreffen.

Sein erster Impuls war, ihr zu helfen, denn trotz ihrer Willenstärke besaß er einfach mehr Muskelkraft.

Bin ich denn bescheuert?, hielt Timo sich jedoch gleich darauf vor. Ich will sie umbringen, statt sie zu unterstützen! Fast hätte er sich, verzweifelt über seine Dämlichkeit, mit der eigenen Faust an die Stirn geschlagen.

„Berrnhard, mein Liebsterr", schluchzte Heidelinde auf und warf sich in seine Arme, kaum dass er vor ihr stand.

„Wie liieb von dirr, mirr zu helfen. Ich krriieg das dumme Ding einfach nicht vom Dach", erklärte sie und blinzelte verlegen.

„Lass mich nur machen, das ist doch eher was für starke Männer", meinte Timo. „Geh bitte zur Seite, sonst komme ich da nicht heran!"

Nee, in Wirklichkeit kann ich dich sonst nicht erwürgen, dachte er und schob sie von sich. Schob sie so nachdrücklich nach hinten, dass sie das Gleichgewicht verlor und in den Sand fiel.

„Sei doch nicht so unüberlegt", bat sie noch, „ich werrde ja noch völlig sandig, haha!" Ihr Kichern wurde jedoch gleich darauf von Timo starken Händen erstickt, mit denen er nun ihren Hals umfing und zudrückte.

Zudrückte, bis ihr hilfloses Zappeln immer schwacher wurde und sie schließlich leblos vor ihm am Boden lag.

„Nun bist du richtig sandig", erklärte Timo der Frau. „Wirst außerdem gleich noch wie eine Roulade in Sägemehl gewendet und in einem Plastiksack verpackt."

Zuckt sie noch?, überlegte er, beugte sich über ihren schlaffen Körper und untersuchte sie. Keine Atmung mehr, kein Pulsschlag mehr, stellte er befriedigt fest.

Weiter, dachte Timo. Ausruhen kann ich mich später. Er breitete eine mitgebrachte alte Wolldecke aus, zog Heidelinde darauf und riss eine große Tüte mit der Aufschrift ‚Sägemehl' auf. ‚Verwendbar als Tierstreu, im Modellbau, Pilzzucht, Räuchern und Ähnliches'.

Und um den Geruch einer verwesenden Leiche zu verhindern. Soll ja recht saugfähig sein, das Zeug, dachte Timo und hob mit einer kleinen Schaufel die erste Ladung heraus, um sie um die Gräfin herum auszubreiten.

Eine Kelle Sägemehl nach der nächsten wurde um Heidelinde herum gestreut, bis sie vollkommen damit bedeckt war. Nun rollte Timo die tote Gräfin beinahe liebevoll in die Decke ein, schlang eine große Plastikplane drumherum und umwickelte das entstandene längliche Paket mit gut haftendem Klebeband.

„Wirst mir nicht mehr entwischen, Liebes. Dein Geld auch nicht", verkündete er nach getaner Arbeit und streckte seine schmerzenden Gliedmaßen.

„Mist, das Kanu!", fiel ihm plötzlich ein, nachdem er die Rolle mit Heidelinde darin im Kofferraum seines eigenen Vans untergebracht hatte. Das Kanu musste er noch rasch in Stücke schlagen und diese danach nicht weit von hier entfernt fortwerfen! Sollte die Suchmannschaft doch annehmen, die Fragmente seien nach dem Unfall angeschwemmt worden.

„Das muss ich erledigen, ehe das Hochwasser kommt!", trieb er sich an und warf dem Meer einen kritischen Blick zu. NOCH war Ebbe, NOCH …

„So schnell, wie das Wasser steigt, wird es sonst meinen Van und mich rasch verschlucken – davor kann ich nicht fortlaufen. Das Wasser ist schneller als ich", murmelte er. „Bin oft über das tückische Watt gelaufen, und so unvorsichtig, wie manche Touris sind, sollte man als Einheimischer nicht sein", raunte Timo und beeilte sich.

Er zerrte das unversehrte Kanu vom Dach des Vans, mit dem Heidelinde unterwegs gewesen war. Nahm eine mitgebrachte Axt, zertrümmerte das Gefährt und warf die Einzelteile in seinen Kofferraum, wo sie auf der Plastikrolle landeten. Klappte den Kofferraum zu und ließ sich auf den Fahrersitz fallen.

„Los geht's", meinte Timo halblaut und warf einen hektischen Blick auf die Uhr an seinem Handgelenk. „Bald steht hier alles unter Wasser", trieb er sich an und trat aufs Gaspedal.

Doch zunächst musste er noch die Überreste des zerstörten Kanus in einiger Entfernung am Strand entsorgen.

Heidelindes Fahrzeug ließ er dort stehen, wo sie es abgestellt hatte. Das würde die Suchmannschaft entdecken. Die Spuren, die ihr Todeskampf und Timos anschließende Aktivitäten hinterlassen hatten, wären inzwischen durch die einsetzende Flut ausreichend verwischt.

Mühsam bewegte Timo sein Fahrzeug durch den Sand zu einer abgelegenen Stelle. „Elender Sturm!", motzte er genervt, als eine Windböe Sand auf die Windschutzscheibe des Autos wehte und ihm für einen Augenblick die Sicht nahm. Sorgsam darauf bedacht, keine verräterischen Reifenspuren zu hinterlassen, fuhr er langsam weiter, parkte schließlich ein Stück vom Tatort entfernt und schleppte dann stöhnend die Überreste des Kanus zum Strand. Stemmte sich mit der hinderlichen Fracht in seinen Händen gegen den mittlerweile tosenden Wind und ließ die Einzelteile des Kanus schließlich fallen. Kämpfte sich zurück zum Van und fiel schnaufend auf den Fahrersitz. Verharrte für einen Moment, atmete tief ein und aus und startete den Motor wieder. Schlingernd bog sein Van schließlich auf die Landstraße, und endlich erreichte er die Auffahrt vor der gräflichen Unterkunft, die tote Gräfin im Kofferraum.

Timo duschte zunächst ausgiebig und gönnte sich einen frisch gekochten Kaffee und Kekse, bevor er Lissie holte.

Gemeinsam würden sie die Tote nun dort unterbringen, wo sie ihre ewige Ruhe finden sollte.

***

„Ich dachte, sie würde hineinpassen", meinte Timo ächzend und versuchte vergeblich, mit Lissies Hilfe das unhandliche Paket mit dem brisanten Inhalt in der

Ritterrüstung unterzubringen, die in der dunkelsten Nische der Eingangshalle stand.

„Na endlich!", murrte Timo schließlich und wollte nur noch das Visier der Rüstung zuklappen. Leider war er dabei etwas ungeschickt, so dass ihm die gesamte Figur mit ihrem schaurigen Inhalt entgegenkippte, was einen Höllenkrach verursachte. Lissie und er sprangen unwillkürlich zurück.

„Ach nee, nun müssen wir die Olle in ihrem Blechkleid wieder aufstellen", meckerte Lissie, strich sich eine verschwitzte Haarsträhne aus dem Gesicht und fingerte nervös an ihrer Halskette herum.

„Müssen wir wohl", bestätigte Timo, erstarrte jedoch gleich darauf, als er einen Schatten vor dem kleinen Fenster neben der Eingangstür entlanghuschen sah.

„Der Gärtner!", warnte er. „Der hat den Lärm bestimmt gehört und will nachschauen, was passiert ist. So'n Mist."

„Der hat uns noch gefehlt", meinte Lissie. „Schleicht hier rum wie ein …" Sie suchte nach der passenden Bezeichnung.

„Wie ein Spitzel", vervollständigte Timo. „Der hat mich auf Sicht. Uns beide", verbesserte er. „Wenn der dich jetzt bei mir bemerkt …" Mehr musste er nicht sagen.

So schnell sie konnten, stellten sie die eiserne Figur wieder auf. Gleich darauf verschwand Lissie durch einen Seiteneingang des Gebäudes, einen Putzeimer in den Fingern, als wolle sie feudeln.

Keine Sekunde zu früh, erkannte Timo, als der Gärtner seinen Kopf zur Eingangstür hereinschob und sich erkundigte, ob denn die Gräfin schon zurück sei.

„Noch nicht“, erwiderte Timo und warf der Ritterrüstung einen kurzen Blick zu. „Sie hat bestimmt die Zeit vergessen und amüsiert sich dort draußen.“

„Hm“, kam es skeptisch zurück. „Wie lange wollen Sie noch warten, bevor Sie Alarm schlagen? Es soll doch eine ungemütliche Wolkenfront heraufziehen, und inzwischen stürmt es schon recht heftig. Außerdem wird es allmählich dunkel draußen.“ Der Gärtner kratzte sich nachdenklich an der Nase. „Also, wenn Sie es nicht für nötig halten, sich Sorgen um die Verehrteste zu machen – ich schon. Noch eine halbe Stunde, und wenn sie dann nicht zurück ist, rufe ich den Rettungsdienst an.“ Seine Stimme klang wild entschlossen.

„Ich mach das schon“, gab Timo sich geschlagen und griff zum Telefon.

***

Der Suchtrupp, bei dem Timo mitfuhr, war eifrig darum bemüht, die vermisste Gräfin zu retten.

Etliche Leute kämpften gegen den Sturm, schwenkten ihre Taschenlampen und mussten einander anschreien, da das Tosen des Windes die Verständigung erschwerte.

„Was für ein Mistwetter“, schnaufte einer der Polizisten und leuchtete hinter ein vom Wind zur Seite gedrücktes Büschel aus Schilfrohren. „Nichts.“ Energisch wie auch die übrigen Leute, stapfte er weiter mühsam durch den Sand, schaute hier, prüfte dort und konnte nichts finden.

Timo war es, der seine Mitstreiter schließlich auf den Van am Strand aufmerksam machte. Sie stießen ein Stück davon entfernt auf die zerfetzen Überreste des Kanus, die - offenbar nach einem Unfall - angeschwemmt worden waren. Der Polizist bemerkte ein Stück Stoff, das am Dachgepäckträger befestigt war, der im Schilf lag. Er hielt Timo den Fetzen vor die Nase und schaute ihn fragend an.

„Das hat zu dem rot-blau-grün gemusterten T-Shirt gehört, das meine Heidelinde beim Aufbruch zu ihrem Ausflug mit dem Kanu getragen hat", presste Timo hervor. Daran wird sich sogar der Gärtner erinnern können, hoffte er und schniefte deutlich hörbar.

„Was für eine Tragödie", murmelte der Polizist leise und steckte den Stoffrest sorgfältig in eine Plastiktüte, damit er später von Spezialisten untersucht werden könnte.

Was niemand finden konnte, war die Gräfin selbst. Nicht einmal einen zermalmten Arm oder ein Bein. Keinen ihrer Schuhe.

„Vielleicht vom Meer aufgesogen und von einem gefräßigen Hai verschluckt", hörte Timo jemandem vom Suchtrupp spekulieren. „Wie in einem Horrorfilm."

„Quatsch doch nicht so ein dummes Zeug", hielt ein anderer dagegen. „Wir sind hier nicht im Kino, Pascal."

„Genau, ein Hai ist in der Nähe, haha", gab ein weiterer Mann aus dem Suchtrupp hörbar amüsiert zurück und setzte hinzu: „Allerdings gibt es hier nur für Menschen ungefährliche Exemplare." Er machte eine kurze Pause und fuhr dann fort: „Oder hat sich ausnahmsweise doch ein gefährlicher Fisch in diese Gefilde verirrt und beim Anblick der Gräfin Appetit bekommen?"

„Ob die ihm geschmeckt hat? Was meinst du?", vernahm Timo den Mann, der Pascal genannt worden war.

Dann verstummten die Stimmen, und Timo konnte nur noch Atemgeräusche, erschöpftes Stöhnen und unverständliches Gemurmel vernehmen. Offenbar waren die Helfer dabei, die von ihnen mitgeführten Gegenstände wie Taschenlampen, Verbandszeug und Ähnliches wieder zu verstauen.

„Wir brechen die Suche ab", wandte der Leiter des Suchteams sich nun an Timo. „Keiner kann sich erklären, wo die Vermisste geblieben ist. Mehr kann man zur Zeit nicht tun, haben wir beschlossen. Vielleicht wird die Leiche irgendwann angeschwemmt, womöglich weit entfernt von hier durch die Strömung."

Timo nickte und spielte den betroffenen, schwer vom Schicksal Gebeutelten. Dann bedankte er sich mit krächzender Stimme für die Unterstützung - wofür eine beginnende Erkältung doch gut ist, dachte er - und verabschiedete sich von den Leuten. Diese fuhren heim, wo heißer Tee auf sie wartete. Und vermutlich ein Ehepartner, der sie wärmte und sich ihre Sorgen anhörte.

Timo blieb allein am Strand zurück, fuhr Heidelindes vom Unwetter leicht beschädigtes Fahrzeug zu ihrer Villa, stellte es in die Garage und stapfte dann hinauf zur Küche.

Lissie, die auf ihn gewartet hatte, hatte bereits etwas zu Essen zubereitet und lauschte nun seinem Bericht, was die Suche ergeben hatte. Nichts, wie geplant, erfuhr sie und nickte zufrieden.

„War übrigens eine gute Idee von dir, ein Stück Stoff von ihrem fürchterlichen bunten Oberteil abzureißen und am Dachgepäckträger flattern zu lassen", lobte Lissie ihren Liebsten, als er die von der Suchmannschaft bekannt gegebenen Ergebnisse an sie weitergab. „Bist manchmal gar nicht so dumm, wie du ausschaust, haha. Hast dir das Erbe wirklich verdient."

Allerdings, dachte Timo, und betrachtete ungeduldig den Kalender an der Wand: Auch diesmal würde er zwölf Monate lang ausharren müssen, bis auch diese Ehefrau für verstorben erklärt werden würde. Ungeduldig blätterte er die Kalenderblätter um. „Warten", maulte er. „Noch bis Mitte des nächsten Jahres warten." Eine laute Niesattacke begleitete seine Worte.

Er schneuzte sich und dachte: Da hab ich mir aber eine ordentliche Erkältung eingefangen! Wieder stieg ein Kribbeln in seiner Nase auf, und er nahm ein Fieberthermometer aus der Küchenschublade.

Hoffentlich lohnt sich diese blöde Erkrankung wenigstens eines Tages, dachte er, als er es sich mit griesgrämiger Miene in eine seiner Achselhöhlen steckte.

„Kamillentee!", stöhnte er anschließend und atmete hörbar aus. „Ach, Lissie, mir geht's so schlecht!"

„Bestimmt nicht schlechter als Heidelinde", meinte sie und ging grinsend zur Küchenzeile. Sie schob eine Plüschfigur, die einen Marienkäfer darstellte und die Timo für sie auf dem Jahrmarkt gewonnen hatte, beiseite und suchte nach der Dose mit den Teebeuteln.

Die nächste Adelige war zu umgarnen, wenn Timo und Lissie Geld verdienen wollten. Und wie so oft kam ein Zufall ihnen zu Hilfe. Die beiden saßen nebeneinander am Tisch in Timos Küche und bereiten das Mittagessen gemeinsam zu. Timo kümmerte sich um Fischhäppchen, die er großflächig auf der Tischplatte ausgebreitet hatte und von denen beide ab und zu etwas probierten. Er nahm dabei fast vollständig eine der Breitseiten des Tisches ein, während Lissie sich bemühte, möglichst wenig Platz zu beanspruchen. Sie hockte, ihre Arme und Beine recht eng an den Körper gepresst, an einer der Schmalseiten und schnippelte Obst klein.

„Gib mal her, da soll noch was rein", bat Lissie jetzt ihren Liebsten, als er die Überreste einer matschigen Banane auf eine Seite der von ihm abonnierten Tageszeitung warf, um sie darin einzuwickeln und im Mülleimer zu entsorgen.

Timo blickte sie ungnädig an, schüttelte genervt seinen Kopf und schob Lissie das bereits von ihm zusammengeknüllte Zeitungspapier über den Küchentisch zu. Dann wandte er sich zu dem Obstkorb um, der hinter ihm auf einem Regal stand, nahm sich eine weitere Banane daraus und entfernte deren Schale. „Noch nicht ganz so braun", murmelte er, nachdem er von der Frucht abgebissen hatte. „Süß. Schmeckt gut." Schmatzend verschlang er schließlich die ganze Banane und rülpste.

„Ups, meine Manieren“, meinte er nur, grinste und hielt die Bananenschale fest.

Lissie schnupperte, als der Duft des reifen Obstes ihre Nase erreichte. Sie faltete die Zeitungsseite wieder auseinander und fügte dem bräunlichen Haufen darauf eine Fischgräte hinzu, die sie sich soeben aus ihrem Mund gepult hatte.

„Du musst einfach besser aufpassen auf dem Markt, was die dir dort andrehen“, forderte Timo von Lissie. „Für mein sauer verdientes Geld verlange ich essbares Obst! Genießbare Früchte“, bekräftigte er und fuchtelte mit der Bananenschale vor Lissies Gesicht herum. „Keinen vergammelten Matsch wie dieses Zeug hier, Frau Beigen“, sprach er Lissie mit ihrem Nachnamen an, wie immer, wenn er sich über sie geärgert hatte, und ließ die Schale neben den Matschhaufen auf der Zeitung fallen. „Achte in Zukunft darauf! Solch einen Fraß verbitte ich mir. Hast du mich verstanden?“ Die Blicke aus seinen dunklen Augen schienen sie aufspießen zu wollen.

Ja, ja, du Schlaumeier, dachte Lissie. Als ihre Blicke dann über eine noch erkennbare Anzeige glitten, weiteten sich allerdings interessiert ihre Augen.

„Timo, hier ist was“, meinte sie, riss ‚Ritsch Ratsch‘ das Stück der Seite, auf dem die Anzeige abgedruckt war, heraus und begann laut vorzulesen: „Ich bin eine verwitwete Gräfin, die für ihre mittlerweile mehr als achtzig Lenze nicht mehr besonders gut zu Fuß ist.“ Lissie ließ den Zeitungsschnipsel sinken und schaute hoch.

„Hörst du mir überhaupt zu?“, fragte sie Timo, der einen Star beobachtete, der vor dem Fenster auf einem Ast hockte und sich mit seinem Schnabel putzte. Sonnenstrahlen ließen sein Gefieder bunt schimmern.

„Ja, doch, ich lausche deinem aufregenden Gesabbel", kam es gelangweilt von ihrem Liebsten, wobei er eine der Schubladen am Küchenschrank öffnete und mit einer Hand in einem der Fächer nach einem Teelöffel grabschte; achtlos warf er zwei weitere ins Nebenfach zu den Suppenlöffeln. „Und, weiter? Da steht doch noch mehr."

Lissie verzog ihr Gesicht, als habe sie in eine saure Zitrone gebissen, las dann aber noch den Rest der Kleinanzeige vor: „Da ich allein lebe, suche ich eine nette Dame, die mir etwas vorliest, da meine Augen alt sind." Die unterdrückte Wut ließ ihre Stimme kurz schwanken, dann hatte sie sich wieder in der Gewalt. Sie machte eine Pause und ließ es sich nicht nehmen, die beiden Teelöffel zurück ins richtige Fach zu befördern.

Timo grunzte verächtlich und schob die Schublade so heftig zu, dass beinahe Lissies Finger eingeklemmt wurden. Dann beugte er sich zu ihr hinüber und meinte: „Da steht eine Mobilfunknummer. Fortschrittlich, die alte Dame", schloss er, meinte anschließend jedoch: „Die hat bestimmt nur die Nummer eines Prepaid-Handys genannt, weil sie Angst hat, ihre Festnetznummer preiszugeben und dann belästigt zu werden von Gaunern, die ihr am Telefon dubiose Verträge aufschwatzen wollen. Oder weil sie befürchtet, von fiesen Typen, die an ihre Erbe wollen, bedrängt zu werden, haha." Bei diesen Worten sandte er Lissie ein schiefes Lächeln zu.

Sie lächelte nur gequält zurück und starrte auf die Annonce in ihren Händen. Mistkerl, dachte sie.

Timo grinste überheblich und meinte: „Die hat sich bestimmt extra für diese Zeitungs-Annonce ein solches Gerät zugelegt und einen jungen, smarten Verkäufer in einem Elektronikgeschäft mit dummen Fragen auf die Palme gebracht. Wahrscheinlich hat sie sich für ein Seniorenhandy entschieden, solch ein Ding mit besonders großen Tasten für sehbehinderte alte Leute, die im Schneckentempo darauf herumtippen." Ein verächtlicher Ton hatte sich in seine Stimme eingeschlichen. „Die ist garantiert zu dumm, um es zu vernünftig zu bedienen, als Uralt-Frauen-Modell. Die kennt sich bestimmt nur mit Wählscheiben-Telefonen von anno dazumal aus, haha."

Er steckte er seinen Zeigefinger in ein imaginäres Loch auf dem Tisch und tat so, als würde er eine Wählscheibe bedienen. „Drr - drr - drr", begleiteten seine Worte den nachgeahmten Wahlvorgang. Er nahm einen gedachten klobigen Hörer von einem imaginären Telefonapparat und hielt ihn sich ans Ohr. „Kein Anschluss unter dieser Nummer! Tüt, tüt, tüüüt", sagte er, lachte hämisch und tat so, als würde er den Hörer zurück auf die Gabel werfen.

Spar dir deine abfälligen Bemerkungen und dein lächerliches Theater, dachte Lissie. Ihr wurde bewusst, wie sehr Timo sie anwiderte. Wie sehr er ihr immer häufiger auf die Nerven ging, bis sie meinte, ihn kaum noch ertragen zu können. Was hält mich noch bei ihm?, fragte sie sich. Liebe wohl nicht mehr.

Stumm breitete sie das gerettete Stück Papier auf dem Tisch aus und strich es glatt. Entfernte mit spitzen Fingern einen Matschfleck, den das Obst dort hinterlassen hatte, griff zu der Küchenschere, die griffbereit in der obersten

Schublade lag, und schnitt die Annonce sorgfältig aus. Vermerkte darauf noch mit einem Kugelschreiber das Erscheinungsdatum der Zeitung und verstaute den Papierschnipsel in ihrer Geldbörse.

„Eine Märchentante für die Alte geben willst du also?", erkundigte sich Timo, als könne er Lissies Idee, sich dort zu bewerben, nicht begreifen. Seine Stimme klang spöttisch.

„Die VON UNS erfundenen Lügengeschichten werde ich der nicht auftischen, Liebster. Vielleicht steht sie auf schnulzige Liebesromane oder auf herzergreifende Tiergeschichten," überlegte Lissie, steckte sich den Rest einer rohen Schillerlocke den Mund und aß ihn genüsslich. „Hmm, lecker. Leider schon alle", kommentierte sie schmatzend und schob den leeren Teller von sich. „Hast zuwenig gekauft. Hat leider nicht für uns beide gereicht."

„Nein, für mich war es genug", meinte er. „Aber du solltest dich besser zurückhalten!" Sein Lächeln sollte diese Worte wohl entschärfen, doch Lissie runzelte ihre Stirn und kaute verdrossen weiter.

„Schüh mahl, Tihmo", begann sie nun, zunächst undeutlich. Schluckte dann den Bissen hinunter, wischte sich mit dem Handrücken über ihre fettigen Lippen und fuhr dann mit klarer Stimme fort: „Kürzlich hab ich doch die kleine Tochter meiner Nachbarin damit glücklich gemacht, ihr die Geschichte von einer Elfe vorzulesen. Besonders den rosafarbenen Plüschreif, mit dem ich meine Frisur aufgepeppt hatte, fand die Kleine so eindrucksvoll, dass sie sich prompt auch so'n Ding gewünscht hat, obwohl sie einen Kurzhaarschnitt trägt und nicht eine einzige Strähne damit zurückhalten kann. Ich kam mir jedenfalls bescheuert vor mit dem Teil auf dem Kopf, haha."

„Hm", brummte Timo, und ein Grinsen breitete sich auf seinem schmalen Gesicht aus. „Warum nicht einen selbst angefertigten Kranz aus Löwenzahn, der kostet dich nur ein wenig Bastelarbeit und wird die altmodische Olle begeistern", schlug er vor. „Wächst haufenweise auf dem Grünstreifen vor meinem Haus, dieses elende Unkraut. Vielleicht unterstützt sie dich beim Basteln", fuhr er fort und tippte bei diesen Worten auf den Anzeigentext. „Anschließend könnte ihr gemeinsam Topflappen häkeln oder Tischdecken mit Weihnachtsmännern besticken, dann seid ihr eine Weile beschäftigt. Sollst ja nicht fürs Nichtstun bezahlt werden."

„Ach, halt doch den Mund", fuhr Lissie ihren Liebsten ein wenig unwirsch an. „Sicherlich springt auch für dich etwas dabei heraus. Die hätte bestimmt auch nichts gegen einen eleganten männlichen Begleiter, der mit ihr zu Opernaufführungen oder Tanzveranstaltungen geht. Ich werde ihr einfach die Telefonnummer meines angeblichen Nachbarn geben, der sich ebenso einsam fühlt wie sie. Und schon bist du erneut im Spiel, Liebster. Dein Konto wird es dir danken. Ich auch", setzte sie hinzu, lachte vergnügt und verpasste Timo einen liebevollen Kuss.

Morgen werde ich die Gräfin anrufen, überlegte Lissie. Ob ihr auch Krimis gefallen?

***

110

„Besonders gern mag ich diese Geschichte", raunte die Gräfin von Narda, als Lissie sie wie abgemacht – den Termin hatten sie, wie früher üblich, per Briefkontakt vereinbart – zum erstenmal in ihrer geräumigen Villa im Speckgürtel der Großstadt besuchte, und tippte mit ihrem Zeigefinger auf die altmodischen Buchstaben in einem uralten Märchenbuch. „Das lässt mich jedesmal an meine Kindheit denken", seufzte die Frau. „Fast immer muss ich weinen, wenn ich dieses Märchen lese, wissen Sie, Paula. Können Sie diese alte Schrift überhaupt lesen?", erkundigte sie sich dann.

Lissie, die sich ihr als ‚Paula‘ vorgestellt hatte, nickte. „Ja, ich habe als Kind einige solcher Bücher gelesen, diese Buchstaben sind mir ebenso vertraut wie die heute aktuellen. Es wird mir gefallen, so etwas wieder vor mir zu haben. Sie werden sehen, verehrte Gräfin, dass ich den Text fließend vorlesen kann." Sie spürte eine ungewohnte Vorfreude in sich aufsteigen. Ein Gefühl, das sie noch in keinem ihrer bisherigen Haushaltsjobs empfunden hatte. Naja, dachte sie, beim Kloschrubben kommt eben auch wenig Freude auf.

Schon die steinernen Löwen vor dem Haupteingang des Hauses schienen Lissie nachdenklich betrachtet zu haben, als sie auf den Klingelknopf gedrückt hatte. Als die alte Dame sie dann begrüßt hatte, das sanfte Gesicht von Runzeln durchzogen, das weiße Haar zu einem Dutt zusammengezwirbelt, da hatte Lissie ein intensives Gefühl von Sympathie für ihre neue Kundin empfunden. Ein Gefühl, das von der warmen Stimme und dem festen Händedruck der Fremden noch unterstützt worden war.

Diese Frau mag ich nicht betrügen, war es Lissie durch den Kopf gegangen, und sie hatte sich für ihre gemeinen Pläne geschämt. Nein, der kann ich kein Gift ins Getränk mischen, hatte sie erkannt, die ist mir viel zu sympathisch.

Verflixt, zu gefühlsduselig sein, das dürfen Timo und ich uns aber nicht leisten, hielt die Stimme ihres Verstandes dagegen. Kein Betrug, kein Geld. Kein Gift in ihrem Wein, kein Essen für uns.

Doch, ihr dürft nachgiebig sein. Diese Frau solltest du nicht mit Timo bekanntmachen! Ihr MÜSST sie verschonen, hatte Lissies innere Stimme nachdrücklich gefordert, und in ihrem Kopf hatte ein heilloses Durcheinander geherrscht.

Ich weiß nicht mehr, was ich denken soll, hatte sie anschließend irritiert gedacht, war die halbe Nacht hindurch wach geblieben und hatte gegrübelt. Hatte das Gesicht der alten Frau, die ihr so merkwürdig vertraut erschien, vor sich gesehen, hatte Timos verächtliche Sprüche über ‚alte Schnaken, deren Erbe er abzocken wolle‘, im Ohr gehabt und hatte sich so entsetzlich wie nie zuvor geschämt für das, was sie gemeinsam mit ihrem Liebsten skrupellos durchzog. Seit Jahren schon durchzog – wäre es nicht der richtige Zeitpunkt, dieses heimtückische Treiben endlich zu beenden?

JA, hatte ihr inneres Stimmchen zugestimmt. NEIN, hatte ihr Verstand gemeint. Wovon wollt ihr leben, dein Liebster und du? Von Timos Job als Aufsichtskraft? Von deinen gelegentlichen Putzstellen etwa? Wie wollt ihr euren Luxus finanzieren? Wolltet ihr denn nicht bald gemeinsam Urlaub machen?

Was bedeutet unser Luxus, wenn dafür Menschen sterben müssen?, hatte sich Lissie bedrückt gefragt.

Kannst du – könnt ihr beiden, dieses Gaunerpärchen, das alles dann noch wirklich genießen, Mädel?, hatte sich das lästige Stimmchen in ihrem Kopf erkundigt. Seid ihr wirklich so abgebrüht?

Lissie hatte sich umgedreht, sich die Bettdecke über den Kopf gezogen und war irgendwann eingeschlafen.

***

Wenige Stunden später saß sie nun neben der alten Dame auf einem Hocker und las ihr eine sentimentale Geschichte vor. Las den Text und spürte, wie auch ihr die Tränen in die Augen stiegen … Diese Story werde ich zu lieben lernen, dachte Lissie, seltsam berührt von der Geschichte, als sie das Buch zuklappte.

Es sei Zeit für einen Tee, bat die Gräfin von Narda sie und wischte sich mit einem filigranen Spitzentaschentuch eine Träne aus dem Augenwinkel. Und Zeit dafür, ein wenig miteinander zu plaudern, fügte sie hinzu. Immerhin würden sie in Zukunft hoffentlich immer wieder einige Stunden miteinander verbringen.

Lissie freute sich zum ersten Mal auf das Treffen mit einer Kundin, als sie nach Hause ging.

Die beiden Frauen lernten sich näher kennen, erfuhren jeweils ein wenig aus dem Leben der anderen und genossen die behaglichen gemeinsamen Stunden.

Wieviel mag ich von mir preisgeben?, fragte sich Lissie nun jedesmal, wenn sie das großzügige Anwesen aufsuchte. Ich mag ihr keine Lügen erzählen. Aber bleibe ich bei der Wahrheit, so gibt es nur wenig, was ich ihr mitteilen kann!, dachte sie. Wenigstens verstecke ich meine roten Haare nicht mehr unter einer Perücke.

Verflixt, was hat diese alte Dame nur an sich, was mich so sehr zu ihr hinzieht?, überlegte sie oft. Werde ich allmählich zu einem besseren Menschen?

Wie soll ich mit Timo umgehen? Was wird der von mir denken, wenn ich mich nicht nur weigere, die Gräfin irgendwann zu vergiften, sondern ihm auch keine Kontaktdaten von ihr zustecke, damit er sich an sie heranmachen kann? NOCH weiß er nicht, wo sie wohnt. NOCH hat er keine Telefonnummer von ihr; den Zettel mit ihrer Handynummer habe ich. Timo weiß nicht einmal ihren Nachnamen. Kennt sie nur als ‚die Gräfin‘, die sich gern Märchen vorlesen lässt. Märchen, die er als ‚fürchterlich kitschig‘ bezeichnet.

Wie lange kann ich ihn noch hinhalten? Er war letzte Nacht sehr wortkarg, hat sich einfach umgedreht und sich nicht um mich gekümmert. Der ist sauer, erkannte sie.

Oder ist er immer schon so unnahbar, so gefühlskalt gewesen? Ein kalter Klotz, skrupellos und geldgierig? Womöglich gefährlicher, als ich ihn bisher eingeschätzt habe? Werde ich für ihn nutzlos? Wird er mich bedrohen?, fragte sie sich.

Bist doch ebensolch ein berechnendes Miststück!, machte ihr inneres Stimmchen ihr klar.

Ich werde mich bessern, versprach Lissie und dachte zugleich: Will ich das?

***

„Wie seltsam", sagte die Gräfin eines Tages versonnen zu Lissie, „ich hätte meine Tochter auch gern Paula genannt! Doch ..." sie stockte und atmete hörbar aus. „Ich musste sie gleich nach ihrer Geburt fortgeben. Sie wurde adoptiert, da ich damals ein junges Ding und noch keinem Mann versprochen worden war. Und dann ein uneheliches Kind, nein, was für ein Skandal! Also versteckten meine Eltern mich daheim, je mehr ich zunahm. Nicht einmal mehr im Park begleiten durfte ich sie mit ‚dem Bauch der Schande‘, wie sie es nannten. Sie ließen mich das Kind gebären und nahmen es mir gleich anschließend weg. Mehr als einen kurzen Blick durfte ich nicht auf den Säugling werfen, und ich habe ihn niemals wiedergesehen. Ich hoffe, meine Tochter hat es bei ihren Adoptiveltern gut getroffen." Die alte Frau wischte sich ein paar Tränen ab, die ihr über ihre runzligen Wangen liefen, und schniefte. „Paula", flüsterte sie versonnen. „Was für ein merkwürdiger Zufall, dass Sie auch so heißen."

115

Ich heiße gar nicht so, dachte Lissie beschämt. Diese elenden Lügengeschichten, ich bin sie so leid. Das hier wird die letzte reiche alte Dame sein, mit der ich so schäbig umgehe, beschloss sie. Und ich werde versuchen, Timo ebenso davon zu überzeugen, dass wir beide besser auf ehrliche Weise unser Geld verdienen sollten.

Das wird schwierig werden, befürchtete sie. Lehnt er meine Forderung ab, dann trenne ich mich von ihm. Auf jeden Fall. Oder … Vielleicht jedenfalls, dachte sie.

„Wie alt wäre denn Ihr Kind jetzt?", erkundigte sie sich nun bei der Gräfin. „Können Sie sich denn Ihr Baby als erwachsene Frau vorstellen?"

„Hm, naja", raunte ihre Kundin und schien in weite Ferne zu sehen. Schien vor ihrem inneren Auge eine Gestalt zu erblicken, die ihre Tochter sein könnte. „Einundfünfzig wäre sie inzwischen", erklärte sie dann nachdenklich. „Sie hat wohl auch schon die ersten grauen Haare – und vielleicht sieht sie meinem einstigen Liebsten ähnlich?", überlegte sie. „Ihrem leiblichen Vater, der sich ins Ausland abgesetzt hat, nachdem er von unserem ‚Malheur', wie er es nannte, erfahren hatte. Malheur", wiederholte sie, und ihre Stimme klang empört. „Das müssen Sie sich mal vorstellen. So sind die Männer", schimpfte sie leise.

„Einundfünfzig", meinte Lissie nachdenklich. „Genau so alt wäre meine Mutter, wenn sie nicht schon vor sieben Jahren an Krebs verreckt … Entschuldigung, verstorben wäre. Viel zu jung, finden Sie nicht auch?"

Und dann, aus unerfindlichen Gründen, verspürte Lissie den Drang, der Gräfin das Foto von ihrer Mama zu zeigen, das in ihrer Brieftasche steckte und eine fröhlich in die Kamera lachende Frau mit schulterlangen, kastanienroten Locken zeigte.

„Als dieser Schnappschuss entstand, war sie noch gesund“, erklärte Lissie. „Der fiese Krebs fraß sich erst in den Jahren darauf durch ihren Körper.“

„Darf ich mal?“, bat die Gräfin, und ihre Finger zitterten, als sie das Foto ergriff und sich ihre Brille aufsetzte, um besser etwas erkennen zu können. „Was für eine üppige Mähne“, meinte sie. „Diese Farbe … Ganz wie meine eigene, bevor die Haare weiß wurden. Dazu die grünen Augen … Sie scheinen ihr zu ähneln, Paula. Diese Augen- und Haarfarbe ist offenbar von ihrer Frau Mama an Sie weitervererbt worden. Hm. Kann es sich dabei um meine Tochter handeln, die von mir ihr Äußeres hatte?“, überlegte sie dann. „Mein damaliger Liebster, der am Entstehen meiner Kleinen beteiligt gewesen ist, hat meiner Erinnerung nach hellblondes Haar und wasserblaue Augen gehabt. Der kann vermutlich nicht für diese auffälligen Merkmale bei meinem Kind gesorgt haben, haha. Wer ist denn an Ihrer Entstehung beteiligt gewesen? Wie sieht ihr Herr Papa aus?“

„Weißblondes Haar und graue Augen hat er“, erwiderte Lissie unwillkürlich und dachte dann: Verflixt, es ist mir noch gar nicht bewusst aufgefallen, wie sehr ich meiner Mama ähnlich sehe.

Sie schaute ihrer Kundin in die Augen und dachte: Die sind ja ebenso grün, wie es meine eigenen sind und wie die meiner Mama es waren! Ist diese Frau tatsächlich meine … ähm, meine Oma, die ich nie kennengelernt habe? Die leibliche Mutter meiner Mama? Habe ich eine adelige Großmutter?

Aufgeregt sagte sie: „Mama hatte von Geburt an ein auffälliges Muttermal auf ihrer linken Wange, geformt wie ein Kleeblatt."

Die Gräfin murmelte: „Wie ein Kleeblatt …Hatte meine Kleine auch. An derselben Stelle. Mehr konnte ich damals nicht erkennen, es ging ja alles so schnell. Gerade war sie noch in meinem Bauch gewesen, und schon wurde sie in ein Handtuch gewickelt und fortgebracht." Sie starrte durch das Wohnzimmerfenster und schien die sich im Wind wiegenden Bäume draußen zu betrachten.

Da nahm Lissie all ihren Mut zusammen: „Sind Sie meine Großmama?"

Die Gräfin sah Lissie für einen Moment nachdenklich an. Langsam nickte sie dann und meinte nur: „Offenbar nicht ausgeschlossen. Wäre das nicht wunderbar?"

„Verrückt wäre es", erklärte Lissie. „Und wunderbar, wie Sie schon sagen. Einfach irre; wenn das meine Mama noch erlebt hätte! Sie hat jahrelang versucht, etwas über ihre leiblichen Eltern herauszufinden, aber es war leider nichts zu machen. Niemand konnte ihr weiterhelfen. Niemand wusste angeblich etwas darüber. Und ihre Adoptiveltern, die für mich wie Großeltern waren, waren schon nicht mehr jung, als sie sich damals dazu entschlossen, sie aufzunehmen. Sie sind längst tot", schloss sie, und in ihrer Miene spiegelte sich Mitleid für die vergebliche Suche ihrer Mama.

„Ihre Frau Mama hat nach ihrer leiblichen Mutter gesucht und sie nicht finden können", sagte die Gräfin.

„Und ich habe, als ich älter wurde und kein Kind mehr bekommen konnte, nach meinem Kind gesucht. Ich wollte das Mädchen der Familie, bei der es aufwuchs, keinesfalls wegnehmen. Ich hätte meine Kleine nur gern mal gesehen und gewusst, wie es ihr ging. Zu gern hätte ich wenigstens ein Bild von ihr gehabt. Es war mir nicht vergönnt." Ein bitterer Unterton hatte sich in ihre Stimme geschlichen. „Und nun sitzen Sie unmittelbar vor mir, liebe Paula. Ich habe das Gefühl, ich träume … Geht es Ihnen nicht ähnlich?"

Lissie nickte: „Es kommt mir so unwirklich vor."

Die Gräfin fuhr fort: „Lassen Sie uns gemeinsam alte Papiere durchsehen, die sich hier auf dem Dachboden befinden. Und sollten Sie irgendwelche Unterlagen über ihre Mama haben, dann bringen Sie diese doch auch mit. BITTE", forderte sie Lissie eindringlich auf. „Ich möchte die Gewissheit darüber haben, Paula, dass Sie meine Enkeltochter sind. Sonst lässt es mir keine Ruhe mehr."

„Mir auch nicht", stimmte Lissie ihr zu. „Mir auch nicht."

S ind das nicht ergreifende Erkenntnisse, liebe Paula?",
meinte die Gräfin und schob die Papiere, die Lissie
bei sich gehabt hatte und die sie gemeinsam durchgesehen
hatten, sorgsam zu einem Stapel zusammen. Zu einem
Papierstapel, der es in sich hatte.

„Großmama", raunte Lissie bewegt und ließ es zu, dass
die Gräfin ihr sanft über den Handrücken strich. „Wenn
das meine Mama noch erlebt hätte", seufzte sie. „Ich sehe
sie noch deutlich vor mir, wie sie, über alte
Einwohnerverzeichnisse gebeugt, mit ihrem Finger dem
Text Zeile für Zeile folgt beim Lesen. Sehe Mama
erwartungsvoll den Brief eines Amtes aus dem Postkasten
holen, von dem sie sich die wichtige Information erhofft,
auf die sie schon so lange wartet. Um die sie schon seit
Jahren kämpft. Und dann: nichts, wie immer. Die
Enttäuschung steht meiner Mutter ins Gesicht geschrieben,
und die Falten in ihrem Gesicht werden immer tiefer",
meinte Lissie. „Wie gern hat sie sich ihre leibliche Mama
versucht vorzustellen, hat Bilder von Frauen aus
Zeitschriften geschnitten, von denen sie meinte, ihre
Mama könne ähnlich aussehen. Über ihren leiblichen Papa
hat sie nur einen Satz gesagt: ‚Ich hoffe, er zeugt nicht
noch mehr uneheliche Kinder, die dann so unwissend
aufwachsen müssen wie ich.' So sehr ihre Adoptiveltern
sie auch geliebt haben, so liebevoll sie sie auch
verhätschelt haben, immer war es meiner Mama bewusst,

dass es irgendwo noch eine ‚echte Mamutschka‘, wie sie die unerreichbare Fremde nannte, geben musste. ‚Wie die wohl lebt‘, hat sie oft überlegt, und als ich älter wurde, haben wir uns gemeinsam ausgemalt, wie Mamas ‚Mamutschka‘ wohl aussieht. Wie sie ihre Haare trägt, ob sie ebenso gern wie Mama Kleider mag, ob sie inzwischen ein weiteres Kind bekommen hat – eine Stiefschwester oder einen Stiefbruder für Mama. ‚Wer weiß, ob die nette Frau aus der Nachbarschaft nicht zufällig mit mir verwandt ist?‘, hat sie gemeint. Doch niemals hat sie etwas herausgefunden“, schloss Lissie, und die Gräfin konnte einen bitteren Unterton in ihrer Stimme vernehmen.

„Nun haben zumindest Sie mich endlich gefunden, Paula“, meinte sie. „Und mir die Freude gemacht, meine Enkeltochter kennenzulernen. Mamutschka“, flüsterte sie und lächelte. „Was für eine amüsante Bezeichnung, die sich Ihre Mama da ausgedacht hat für mich.“

„Ich glaube, die kam ihr in den Sinn beim Spielen mit diesen lustigen Puppen, die man ineinander stapeln kann. Die stammen aus einem Land, in dem es diese Bezeichnung gibt“, erwiderte Lissie.

„Allerdings. Diese russischen Holzpuppen nennt man ‚Matroschka‘, und sie sind ein beliebtes Spielzeug“, erklärte die Gräfin. „Also war ich ihre ‚Matroschka‘, haha. Wenn Sie mögen, dürfen Sie mich ebenso nennen, liebe Paula. Ansonsten bin ich gern ‚Oma Elvira‘ für Sie.“ Zärtlich drückte sie Lissie kurz an sich.

„Oma … Ähm“, räusperte sich Lissie. „Oma Elvira“, brachte sie dann heraus. „Matroschka würde ich Sie doch nicht nennen wollen, verehrte Gräfin.“

„Papperlapapp!", fuhr diese ihr über den Mund. „Lassen wir doch die alberne ‚Gräfin' weg, Paula. Ich koche auch nur mit Wasser, wissen Sie … weiß du", erklärte sie.

Und damit war es beiden klar, dass es nun eine Oma und eine Enkeltochter gab, die einander herzlich zugetan waren.

Aha, da schleicht mein Liebster mir also nach, um herauszufinden, wo die Gräfin wohnt, dachte Lissie, als sie eines Vormittags Timo schnell hinter einem üppigen Rhododendronbusch verschwinden sah. Kaum zwei Monate waren vergangen, seitdem das Geheimnis um ihre Abstammung aufgedeckt worden war. Wochen, in denen Timo seine Lissie nur selten zu sehen bekommen hatte, da sie weitaus mehr Zeit in der gräflichen Villa verbracht hatte, als für die Ausübung ihrer Putztätigkeiten nötig gewesen wäre. Schließlich war Lissie die Bezeichnung ‚meine Oma‘ herausgerutscht, und Timo hatte ihr neugierig das Geständnis entlockt, wie nahe sie der Gräfin stand.

Dass er sie beschatten würde, um der alten Frau ebenfalls näherzukommen, überraschte Lissie nicht. Die Blätter des Busches, hinter denen er sich verbarg, wackelten noch verdächtig. Er war nicht schnell genug verschwunden, und Lissie hatte seine Gestalt in der Jeansjacke erkannt. Der alberne bunte Aufkleber auf seinem Rücken wies eindeutig auf Timo hin.

Noch niemals zuvor hatte er sie verfolgt auf ihrem Weg zu einer der alten Damen, bei denen sie als Putzfrau angestellt war. Und der er möglichst bald näherkommen wollte, damit sie in die Ehe-Falle tappen würde. Doch neuerdings behielt Lissie ihr Wissen für sich, gab Timo weder den Namen noch die Adresse oder sonstige

Kontaktdaten. Bis er es nun doch auf seine Weise herausgefunden hatte.

Sauer ist er, spürte Lissie, verstimmt, weil er immer noch keine Chance hat, die wohlhabende Gräfin endlich zu umgarnen. Sie mit wohldosierten Schmeicheleien für sich einzunehmen – um sie eines Tages auszunehmen, haha.

Nee, mein Lieber, diesmal nicht!, hatte Lissie sich vorgenommen, sobald die Gräfin sich als ihre leibliche Großmutter entpuppt hatte. Diesmal nicht! Oma Elvira ist mir lebendig wichtiger als alles Geld, das sie womöglich zu vererben hat. Wichtiger als ihr prächtiges Anwesen. Ihre menschliche Wärme bedeutet mir mehr als die teuren Ohrringe, die sie mir geschenkt hat. Die ich zunächst nicht annehmen mochte, da sich mein schlechtes Gewissen bemerkbar machte.

Dein Name ist nicht Paula, du diebische Elster!, hörte Lissie häufig ihre innere Stimme. Nenne ihr endlich deinen richtigen Namen, LISSIE!

Stimmt, gab sie in Gedanken zurück, aber wie soll ich Oma Elvira das beichten? Ist ‚Lissie‘ vielleicht ein Spitzname, den Klassenkameraden mir einst verpasst haben und der an mir hängengeblieben ist? Würde meine Oma mir diese Erklärung glauben?

Ach, ich bin diese Lügengeschichten so leid. So unendlich leid, dachte sie verdrossen. Und meinen Liebsten ertrage ich kaum noch.

Verflixt, nun weiß Timo allerdings, wo meine Oma wohnt. Wie kann ich es nur verhindern, dass er sich an sie heranschleimt? Sollte ich sie warnen vor einem Fremden, der unverhofft in ihr Leben tritt und versucht, sich mit ihr anzufreunden? Wie sollte ich meine Warnung begründen? Woher kann ich diesen Fremden und seine Absichten kennen?

Vielleicht, überlegte Lissie angestrengt, ist Timo ein früherer Schulkamerad von mir, von dessen Vorliebe für reiche alte Damen ich weiß, da er schon einige geheiratet und anschließend beerbt hat? Geprahlt hat er vor mir über sein ‚Geschäftsmodell‘, von dem er lebt, könnte ich behaupten. Ich, die ich jahrelang für ihn geschwärmt habe und mir Hoffnungen auf seine Zuneigung gemacht habe, war bitter enttäuscht von seinem Geständnis, und seitdem schmachte ich diesen Kerl nicht mehr an. Aber einsame alte Frauen fallen auf seinen Charme leider herein. Und bezahlen die Eheschließung mit ihm mit ihrem Leben. Ein offenbar krimineller Schürzenjäger ist er, von dem Frauen ihre Finger lassen sollten!

Würde Oma Elvira überhaupt auf Timos Annäherungsversuche eingehen?, fragte Lissie sich. Oder würde sie ihn abblitzen lassen, so wie sie kürzlich den aufdringlichen Bettler an der Haustür abgefertigt hat? Der hatte bereits seinen Fuß in die geöffnete Tür geschoben, und sie hat einfach beherzt drauf getreten. So kräftig, dass er aufgejault hat und umgehend den Rückzug angetreten hat. Weg war er, und Oma und ich haben kichernd dort gestanden und ihm nachschaut. Über mein verblüfftes Gesicht hat sie sich köstlich amüsiert.

„Ich bin zwar nur eine hutzelige alte Frau, außerdem eine Adelige, aber dennoch, Paula: Ich weiß mich durchaus zu wehren!“, hat sie kommentiert und dann die Tür mit lautem Knall geschlossen. „So etwas lernt man im

Laufe des Lebens. Manche Leute verstehen eben nur eine deutliche Reaktion, und diese ist leider recht unhöflich ausgefallen. Ich wäre den Typen doch nicht losgeworden, wenn ich es mit lieben Worten versucht hätte."

Wohl wahr, dachte Lissie. Ich habe den Eindruck, meine Oma kommt mit solchen Personen allein zurecht. Sie lässt sich nichts aufschwatzen. Irgendwie eine taffe Frau.

Ich glaube, dachte sie, die muss ich nicht warnen vor Timos aufdringlichem Werben.

***

Tatsächlich glaubte Timo nun offenbar, die Angelegenheit endlich voranbringen zu können. Sein Versteckspiel hinter dem Rhododendronbusch erwähnte er nicht, als Lissie ihn abends besuchte. Sah seine Liebste aus zusammengekniffenen Augen merkwürdig an und meinte nur: „Selbst ist der Mann, wenn er sich auf sein Weibchen nicht mehr verlassen kann. Und wenn du Pech hast, Liebes, RICHTIG Pech hast, dann verpfeife ich dich. Dann lass ich dein Lügengebilde zusammenstürzen, und die Gräfin WAR MAL deine Oma." Drehte sich wortlos um und ließ Lissie im Flur stehen wie einen Gegenstand. Wie überflüssigen Müll, der entsorgt werden muss.

Mistkerl, dann lass ich dich ebenso auffliegen, du verfluchter Heiratsschwindler, dachte Lissie, verließ Timos Unterkunft sofort wieder und saß kurz darauf in ihrer eigenen Wohnung auf dem Sofa. Einen Becher mit heißem Tee in der einen Hand, einen Schokokeks in der

126

anderen. Nervennahrung, hilft mir beim Nachdenken, hoffte sie. Vielleicht sollte ich tatsächlich meine Oma in Timos Pläne einweihen?

Zumindest das Problem mit ihrem Namen schuf sie am nächsten Tag ganz einfach aus der Welt: Sie zeigte Oma Elvira eine - von ihr selbst mit verstellter Handschrift verfasste - Ansichtskarte, in der sie als ‚Lissie' angeredet wurde.

„Ist das nicht niedlich?", fragte sie die Gräfin und betrachtete das flauschige Katzenbaby auf der Vorderseite. „Meine Freundin liebt Katzen, sie hat ihrem schwarzen Stubentiger nach mir benannt. Lissie ist mein Spitzname seit meiner Jugendzeit, denn damals habe ich mir sämtliche Filme reingezogen, in der eine Schauspielerin zu sehen war, die Liz hieß. Ich habe versucht, mich so zu kleiden und zu bewegen wie sie in ihren Filmen, und ich war ein großer Fan von ihr. Meine Freundinnen haben mich mit dieser Leidenschaft aufgezogen, und so kam es zu meinem Spitznamen. Die meisten nennen mich heute noch so. Paula würde so trutschig klingen, meint meine beste Freundin. So altmodisch. Sie heißt selbst Erna, das ist auch nicht moderner, hab ich entgegnet, haha." Lissie atmete tief aus. Würde ihre Oma diese Erklärung schlucken?

„Für mich bist du Paula", erklärte die Gräfin und strich über Lissies Handrücken. „Meine liebe Enkeltochter."

Das Problem mit dem stinksauren Timo hingegen machte Lissie mehr zu schaffen. Sie befürchtete, ihn schon bald in der Nähe ihrer Oma auftauchen zu sehen. Wie konnte sie ihn davon abhalten?

„Ich glaube, meine Oma hat einen heimlichen Liebhaber", erklärte sie Timo eines Abends. „Ihr Gärtner kümmert sich offenbar nicht nur um das Grünzeug im Garten. Nee, kürzlich saßen die beiden Hand in Hand auf der Hollywoodschaukel. Der Alte ist genauso verknittert wie sie, da passen sie optisch gut zueinander, haha. Gönne ich ihr. Mir erzählte sie jedoch, er sei nur der Nachbarsjunge, den sie schon seit ihrer Kindheit kennt, und ihre Freundschaft sei rein platonisch." Neugierig sah sie Timo an. Wie würde er reagieren?

„Wer's glaubt", brummte er. „Aber Frischfleisch im Bett wäre ihr bestimmt lieber als ein knorriger Gärtner. Oder will sie den etwa heiraten?"

„Wohl kaum, das wäre unter ihrem Stand, denn auf so etwas legt sie großen Wert", behauptete Lissie. „Als ich um die Ecke kam, rückten sie schnell voneinander ab. Wie zwei Teenager, die beim Knutschen überrascht werden."

„Ich werde die Alte um den Finger wickeln, verlass dich drauf", kündigte Timo an, und es klang wie eine Drohung. „Die entkommt mir nicht. Und von dir erwarte ich, dass du dich nicht zu sehr mit ihr anfreundest."

„Längst geschehen", erklärte Lissie. „Meine Oma ist mir mittlerweile wichtiger als du, Timo. Viel wichtiger."

KLATSCH! Der Hieb mit seiner flachen Hand ließ Lissie befürchten, er habe ihr einen Zahn ausgeschlagen. Ängstlich zog sie ihren Kopf ein, sah Timo von unten herauf an und fuhr prüfend mit der Zunge über ihr Gebiss.

Erleichtert stellte sie fest, dass nichts zu wackeln schien. Nur ein wenig Blut rann aus ihrem Mund, und verstohlen leckte sie es ab.

Der Blick, den sie Timo jetzt heimlich zuwarf, war voller Hass. Er ekelt mich an, dachte sie bedrückt. Er macht mir Angst und ist bestimmt auch für meine häufigen Magenschmerzen verantwortlich, die mir den Appetit verdirbt. Von wegen, verdorbenes Essen! Nee, ein ungenießbarer Partner, haha.

Doch ihr war nicht zum Lachen zumute.

***

„Ach, ich würde stattdessen gern mit dir zusammen in den zoologischen Garten gehen. Kaffee und Kuchen bekommt man dort übrigens auch", schlug Lissie der Gräfin vor, als Timo tatsächlich seine Fangarme nach ihrer Oma auszustrecken begann.

Soeben hatte die Gräfin eine Karte von ihm erhalten. Edles Büttenpapier sollte wohl Eindruck auf die vornehme Adelige machen, erkannte Lissie, als sie die Einladung durchlas. Der Galan bat die Gräfin zum Nachmittagstee im teuersten Café der Stadt.

Timo war eines Nachmittags einfach auf ihre Terrasse marschiert, wo Elvira und Lissie die Sonnenstrahlen genossen hatten, und hatte sich vorgestellt mit den Worten: „Hallo, ich wohne neuerdings nicht weit von hier entfernt und möchte gern meine Nachbarn kennenlernen. Gestatten, Michel von der Grohen!" Ein tiefer Bückling hatte sein Schauspiel vervollständigt.

Die Gräfin war so überrumpelt von seinem plötzlichen Auftauchen gewesen, dass sie ihm einen Tee angeboten hatte.

Und schon hatte Timo brav auf der anderen Seite neben Lissies Oma gesessen und Konversation mit der alten Dame gemacht. Hatte sich charmant gegeben und war sofort aufgesprungen, als die Zuckerschale vom Terrassentisch gerutscht war, sämtliche Zuckerwürfel herausgefallen waren und sich auf den Dielen verteilt hatten.

Er war in die Knie gegangen, hatte die Würfel eingesammelt, sie in die Schale zurückgeworfen und … hatte erneut einen tiefen Bückling vor der Gräfin gemacht, die von seinem Charme offensichtlich förmlich überwältigt gewesen war.

Lissie hatte begonnen, Timo zu verachten. Tiefer denn jemals zuvor zu verachten. Für seine Verlogenheit, seine Skrupelosigkeit, seine Geldgier. Hatte es kaum noch ausgehalten in seiner Gegenwart, als er sie frech angegrinst hatte.

„Junger Mann", hatte Lissie sich direkt an ihn gewandt, „wie ungeschickt! Die Schale ist sehr standfest, wie kann die runterfallen? Die haben Sie doch absichtlich bewegt." Ihre Stimme hatte einen eisigen Klang angenommen.

„Ach Kindchen, so etwas kann doch jedem mal passieren", hatte die Gräfin sie beschwichtigt. „Vorgestern habe ich mir den Rock mit Kaffeesahne eingesaut. Ich hoffe, die Flecken gehen wieder raus aus dem edlen Stoff."

Timo hatte sich nicht gegen Lissies Vorwurf verteidigt, ja, er hatte sie gar nicht beachtet. Als sei sie nicht vorhanden, hatte er sich ausschließlich mit der Gräfin unterhalten.

Lissie hatte dem Drang widerstanden, aufzuspringen und davonzulaufen. Doch dann wäre ihre Oma Timo ungeschützt ausgesetzt gewesen. Nein, sie musste hier ausharren und sich das schleimige Gesülz ihres Liebsten – ihres EHEMALIGEN Liebsten - anhören, hatte sie gedacht und war geblieben. War neben den beiden sitzen geblieben und hatte mit zittrigen Fingern die Kuchengabel zu ihrem Mund geführt.

„Ist dir nicht gut, Paula?", hatte sich die Gräfin plötzlich besorgt bei ihr erkundigt, denn Lissies angespannte Miene war ihr nicht verborgen geblieben.

„Nein, nur eine leichte Magenverstimmung."

Eine Verstimmung, von der du, liebe Oma, nichts ahnst, war Lissie durch den Kopf gegangen. Hervorgerufen durch einen Mann, der neben uns sitzt und Gift versprüht.

Unsichtbares Gift, höchst wirksam. Beschädigt mein Nervenkostüm immer mehr, bis es wie eine marode Mauer zerbröckelt und nur noch ein Schutthaufen davon übrigbleibt.

Wer wird ihn zusammenkehren?

M ein Sohnemann", stellte Walter, der Gärtner, einige Tage darauf einen schlaksigen Endzwanziger vor, der zusammen mit ihm die Terrasse betrat und Lissie und ihre Oma begrüßte. „Verbringt seine Semesterferien bei mir. Ist schon Ende zwanzig. Studiert und studiert und feiert und feiert … und wird nie damit fertig, haha."

„Ach Papa, nur noch wenige Monate, dann habe ich's geschafft. Das verspreche ich dir. Ich bin Oliver", meinte sein Sohn und zwirbelte sichtlich verlegen eine Locke in seine halblange blonde Mähne auf dem Kopf hinein. Ließ die zusammengedrehten Haare wieder los, wickelte sie erneut um seinen Finger, und starrte Lissie dabei intensiv an. Bis er seinen Fauxpas bemerkte und rot anlief.

„Ähm, Sorry", krächzte er. „Wollte Sie nicht so anglot … ich meine, ansehen.

Die Gräfin kicherte amüsiert. „Bewundern Sie ruhig meine attraktive Enkelin, solange die Ihnen deswegen keine Ohrfeige verpasst", forderte sie den Mann auf. „Ansonsten läuft doch nur noch welkes Gemüse herum!"

Lissie sah nun ihrerseits erst den Besucher, dann ihre sonst so vornehm wirkende Großmutter an. Stand da mit offenem Mund und wusste nicht, was sie zu dieser Äußerung sagen sollte. Unbewusst begann sie, den Ring an ihrem Finger zu drehen. Der Marienkäfer hing kopfüber.

„Ja, da staunst du, Mädchen", meinte ihre Oma und sandte ihr ein spitzbübisches Grinsen zu. „Solche Bemerkungen erwartest du nicht von mir, hihi."

Der Gärtner brach in schallendes Gelächter aus: „Elvira, bring doch die jungen Leute nicht vollkommen durcheinander. Tja, locker war sie schon als junges Frollein", erklärte er Lissie und seinem irritiert aus der Wäsche schauenden Sohn. „Von wegen, edle Adlige. Die hat's immer schon faustdick hinter den Ohren gehabt, ich weiß das, ich kenne dieses Frauenzimmer schließlich schon lange."

„Walter, halt dich zurück", versuchte die Gräfin ihn zu stoppen, „die werden keinen Respekt mehr vor mir haben! Ich sollte dich in Zukunft dazu verdonnern, nur noch Unkraut zu zupfen, von meinen Rosenbüschen bleibst du dann weg!" Sie grinste den Gärtner schelmisch an und zwinkerte ihm zu.

Walter erwiderte ihr Zwinkern mit den Worten „Diese lästigen Mücken immer ..." und klatschte übermütig in seine Hände.

Die Gräfin lachte und verkündete: „Kaffee und Kuchen für alle, bitte bedient euch. Und, Kinder", wandte sie sich an Lissie und Oliver, „ich würde euch zu gern verkuppeln. Das Leben ist zu kurz, um sich um Anstandsregeln zu scheren. Ihr wärt ein hübsches Brautpaar, haha."

Lissie schluckte. Oliver schluckte. Sie sah ihm in die leuchtend blauen Augen. Er schien in ihren grünen zu versinken. So tief darin zu versinken, wie in einen Ozean.

„Wann ist eure Hochzeit?", krähte Walter vergnügt und schnitt sich ein großes Stück von der Erdbeertorte ab, die auf dem runden Tisch auf der Terrasse stand, und um den herum sie nun alle Platz genommen hatten. „Denkt daran, Elvira und ich möchten dabei sein, und wir haben nur noch eine kurze Lebenszeit vor uns.“

„Ich hole schon mal meinen Terminkalender“, verkündete die Gräfin und grinste.

„Oh man, diese alten Leute sind anstrengender als ein Sack Flöhe“, kommentierte Oliver, und seine und Lissies Verlegenheit lösten sich in befreiendes Gelächter auf, in das auch Elvira und Walter einstimmten.

Oh, dieser Typ gefällt mir. In den könnte ich mich ernsthaft verlieben, erkannte Lissie. Wie beichte ich's Timo?, fragte sie sich gleich darauf bang.

Überhaupt nicht, vernahm Lissie eine vertraute Stimme in ihrem Kopf. Von dem hast du dich doch innerlich bereits verabschiedet. Nur die Angst vor seiner Wut hält dich noch davon ab, endgültig Schluss mit ihm zu machen.

Der Marienkäfer musste zwei weitere Runden um ihren Finger ertragen, bis Lissie den Ring endlich losließ.

***

Timo war wütend. Stinksauer, um genauer zu sein, als er mal wieder die Gräfin besuchte, in deren Nähe er sich immer häufiger herumtrieb, und die er seiner Meinung nach schon bald erobern würde.

Aber Lissie versucht dies zu verhindern, dachte er und machte eine verdrossene Miene. Wie kann sie nur?

„Meine neueste Errungenschaft, Michael von der Grohen“, stellte Elvira ihn vor, als er an den Terrassentisch herantrat, um den herum sie, Walter, Lissie und Oliver eine lustige Runde bildeten.

„Michel, nicht Michael, liebste Elvira“, korrigierte Timo mit sanfter Stimme und legte seine Hand auf ihre Schulter.

‚Liebste Elvira‘! Oha, soweit ist euer Techtelmechtel schon gediehen, erkannte Lissie, die neben Oliver saß und ihrem Ex böse Blicke zuwarf.

Welche nicht minder böse an sie zurückgingen, als Timo sah, wie innig Lissie sich an den fremden Blonden neben ihr schmiegte.

Die Gräfin, der dieser Blickaustausch nicht entgangen war, warf ihrer Enkeltochter einen prüfenden Blick zu.

„Paula, du bist meinem neuen Nachbarn“, sie schaute zu Timo, „dem bist du ja kürzlich bereits hier begegnet“, meinte sie. „Aber ich hatte schon damals das Gefühl, dass ihr euch kennt, oder habe ich mich getäuscht?“

„Naja“, druckste Lissie überrumpelt, „wir sind früher mal ... ähm, zusammengestoßen. Ein dummer Unfall, mehr nicht“, erklärte sie und bemerkte, wie kalt Timo sie ansah.

„Zusammengestoßen, haha. Ein dummer Unfall“, echote er. „Allerdings, eine reichlich dumme Angelegenheit. Ärgerlich für beide Seiten“, vervollständigte er.

*I*ch kann dich ja zu Hause nicht mehr besuchen. Du hast das Türschloss austauschen lassen, und ich stehe draußen blöd mit dem alten Schlüssel herum und kann die Tür nicht mehr öffnen", beschwerte sich Lissie. „Zumindest meine Sachen möchte ich noch abholen, und zwar ..." Sie sah demonstrativ auf ihre zierliche Armbanduhr. „Sobald du Feierabend hast. Ich hol dich ab, dann musst du bei dem Mistwetter nicht zu Fuß gehen. Oliver hat mir angeboten, seine alte Kiste zu benutzen", bot sie Timo an und deutete hinaus. Ein Schwall Regen wurde vom Sturm gegen die große Fensterfront des Museums gepeitscht, in dem Timo seinen Dienst versah.

Er zog verärgert seine Uniformhose etwas höher und murmelte: „Bin dünner geworden. Typisch bei Ärger mit Weibern. Und, ziehst du bald bei deinem Neuen ein, wenn er dir schon seinen Autoschlüssel überlässt?"

„Bei Oliver?" Lissie schüttelte ablehnend ihren Kopf. „Nee, der haust in einer WG. Und bei mir ist auch nicht genug Platz, wie du weißt. Wir treffen uns in der Bude seines Kumpels, wenn der mit seiner ‚Zwetsche' auf Kreuzfahrt ist. Reiche Eltern, der kann sich das erlauben. Riesiges Bad, topmoderne Küche, teure Sofas. Und ein geiles Bett steht da. Breit genug für Turnübungen aller Art", setzte sie noch nach und sah Timos Augen funkeln vor Eifersucht. Sah sie glühen wie zwei Drachenaugen, die gefährliche Lichtstrahlen sandten.

„Miststück!", geiferte Timo und hob seine Hand, als wolle er Lissie schlagen, beherrschte sich aber. Stattdessen schien ihm etwas anderes einzufallen, denn nun zog er Lissie am Ärmel zu einer Stelle über dem größten Exponat, das das Museum zu bieten hatte: eine beinahe hundert Jahre alte Dampfmaschine. Leider nicht mehr funktionsfähig, doch eindrucksvoll, nahm sie den gesamten Raum einer Halle ein. Wurde bestaunt und fotografiert von den Besuchern. Stank noch nach den Resten des Öls, mit dem sie einst betrieben worden war.

„Rate mal, was dort drin ist." Bei diesen Worten wies Timo auf den größten der drei Zylinder der Dreifach-Expansionsdampfmaschine. Dieser Niedrigdruckzylinder bietet Platz für eine zierliche Person, schätzte Lissie.

„Eine der von dir beerbten Damen vielleicht?", fragte sie denn auch.

Timo nickte. „Die Gräfin von Iserlohn, du weißt doch, die mit den lilagrünen Haaren und dem dicken Klunker am Finger. Aber hier hab ich nur ihre Asche reingeworfen, nachdem ich sie im Kamin ihrer Villa verbrannt hatte; sie wäre zu dick für den Zylinder gewesen. Manchmal stelle ich mir vor, wie ihr Geist dieser Maschine entweicht und die armen Besucher erschrickt. Hui!", machte er und grinste. „Zuviel Phantasie, haha."

Er machte eine Pause und ruckelte das Funkgerät zurecht, das er an seinen Gürtel geklemmt hatte, bevor er fortfuhr: „Allerdings, dich würde ich platzsparend in Stücke hacken, dann passt du auch hinein."

„Quatschkopp!", fuhr sie ihn an. „Wie soll das gehen? Kriegst doch den Deckel gar nicht auf."

„Hm, ertappt", grummelte Timo und gab zu: „Tatsächlich ruht die Alte mit den lilagrünen Haaren im Waldsee."

Lissie hatte jedoch den drohenden Unterton in seiner Stimme gehört und seine zu Schlitzen zusammengekniffenen Augen bemerkt. Völlig aus der Luft gegriffen schienen seine Mordfantasien nicht zu sein. Sie hatte Timos Andeutung sehr wohl verstanden, sie solle ihre Finger gefälligst von Oliver lassen, sonst würde er sich rächen.

Sie straffte sich und verkündete: „Also in zwei Stunden warte ich auf dich. Ich pack noch meine Sachen zusammen, und dann bist du mich los."

Timo nickte nachdenklich und stierte Löcher in die Luft.

Später, nachdem er es ihr ermöglicht hatte, ihre Habseligkeiten an sich zu nehmen, ging Lissie erleichtert. Verschwand aus seinem Leben. Für immer, wie sie hoffte.

Aber ganz so einfach wollte Timo es ihr nicht machen.

***

„Im Krankenhaus?", wiederholte Lissie die Nachricht des Polizisten, der einige Tage darauf im Flur ihrer Wohnung vor ihr stand, die Visitenkarte mit ihrer Adresse in der Hand; Oliver hatte sie bei sich gehabt. „Ein Unfall, sagen Sie? Hm … Bremsversagen?"

„Was dazu geführt hat, wird untersucht."

„Vielleicht Manipulation?", überlegte Lissie. „Von jemandem, der Oliver nicht mag? Sein Fahrzeug ist erst kürzlich durch den TÜV gekommen. Anstandslos." Mehr gab sie nicht preis. Wollte trotz allem Timo nicht belasten, obwohl sie sicher war, dass er dahintersteckte. Als gelernter Kfz-Mechaniker wäre es ein Leichtes für ihn gewesen, an einem Fahrzeug zu basteln, so dass dessen Bremsen versagten. Außerdem parkte Oliver sein altes Auto meist auf einem schlecht einsehbaren Schotterplatz.

Erleichtert darüber, dass Oliver mit einem komplizierten Beinbruch davongekommen war, ließ sie sich erklären, in welchem Krankenhaus er untergebracht worden war, um ihn möglichst bald besuchen zu können.

Versucht Timo etwa, mich dadurch wieder für sich zu gewinnen? Hat er gehofft, Oliver würde tödlich verunglücken, und er, Timo, dürfe mich anschließend trösten? Nein, mein Lieber, so nicht, dachte sie. Nie mehr. DU bist für mich gestorben, Timo Wedward.

***

Timos Anwesenheit ertragen musste Lissie manchmal, wenn er die Gräfin von Narda aufsuchte. Mehr als ein flüchtiges Kopfnicken hatten sie nicht mehr füreinander übrig, und meist schaffte sie es, sich unter einem Vorwand woanders aufzuhalten – bevorzugt am Krankenbett Olivers, der operiert worden war. Allmählich heilten dessen Verletzungen, und Lissie munterte ihn auf.

Brachte ihm Pralinen und Lesestoff, versorgte ihn mit Wäsche und Kosmetikartikeln, lobte ihn für den Dreitagebart, der sein gutmütiges, rundliches Gesicht männlicher wirken ließ. Leistete ihm seelischen Beistand

139

und … War entsetzt, als sie eines Nachmittags sein Krankenzimmer betrat und eine dralle Krankenschwester händchenhaltend auf seinem Bettrand hocken sah, so weit nach vorn gebeugt, dass sie einander heftig abknutschen konnten. Eine Hand hatte er in ihrem Ausschnitt versenkt und machte sich dort an den Brüsten der Frau zu schaffen.

„Mistkerl!", schrie Lissie und warf Oliver ihr Mitbringsel, einen Roman, an die Stirn. Verpasste der überrumpelten Schwester eine kräftige Ohrfeige, drehte sich um und verschwand türenknallend auf den Krankenhausflur hinaus. Knöpfte ihre Jacke wieder zu und löschte Olivers Kontaktdaten von ihrem Handy, wobei sie vor ihrem inneren Auge die ganze Zeit die üppig ausgestattete Krankenschwester sah, wie sie über Olivers Haar strich und er ihre Nippel liebkoste. Lissie schwor sich, nie, NIEMALS WIEDER, einem Mann zu vertrauen.

Was den Autounfall betraf, war tatsächlich Manipulation im Spiel gewesen, wie sich schließlich herausstellte. Doch Oliver, froh darüber, den Crash glimpflich überstanden zu haben, verzichtete auf eine Anzeige,wie Lissie von Elviras Gärtner erfuhr.

„Wie schade, dass ihr euch offenbar nicht mehr miteinander versteht", meinte Walter, nachdem er Lissie Olivers Entscheidung mitgeteilt hatte. „Ist zwischen euch etwas vorgefallen im Krankenhaus? Ein patentes Mädel wie du hätte mir als Schwiegertochter gefallen."

Lissie schüttelte ihren Kopf: „Er hat einen Hang zum Personal, wenn Sie wissen, was ich meine."

Walters Miene, erst dümmlich-irritiert, verwandelte sich schließlich in einen verärgerten Ausdruck. „Verstehe. Den werde auf den Pott setzen!", kündigte er an. „Auch wenn's für dich nix mehr bringt. Aber Kinder müssen erzogen werden, auch wenn sie erwachsen sind. Zumindest dem Alter nach erwachsen sind."

***

Nun ist die Gräfin von Bedlingen endlich dran. Nachdem das erforderliche Jahr der Wartezeit vergangen ist, darf Timo alias Fridolin die längst in einer Truhe im Heimatmuseum untergebrachte Frau beerben, dachte Lissie eine Woche später. Erinnerte sich an die von ihr selbst geschriebene Kitschpostkarte mit den angeblichen Urlaubsgrüßen der Gräfin, dachte daran, wie sie Timo behilflich gewesen war, die von ihr vergiftete Frau in einen Teppich einzurollen, sah vor ihrem inneren Auge, wie sie die Teppichrolle gemeinsam mit Timo heimlich in das Museum geschleppt und in die Bauerntruhe gewuchtet hatten. Erinnerte sich an die elenden Rückenschmerzen, die ihr diese Aktion eingetragen hatte.

Und nun? Timo würde sich über den Zuwachs auf SEINEM Konto freuen, und sie ginge leer aus. So anständig, ihr den wohlverdienten Anteil zu überlassen, nein, das wäre er nicht mehr. Lissie zog eine Grimasse.

Kannst eben nicht alles haben, gab das fiese Stimmchen in ihrem Kopf seinen Kommentar dazu ab. Ungebeten, aber leider wahr. Es plapperte weiter: Freu dich doch darüber, deine Oma kennengelernt zu haben, das ist nicht jedem vergönnt. Elvira ist doch wirklich eine entzückende Person. So eine liebenswerte alte Dame, jede Runzel in

141

ihrem Gesicht kann dir wohl eine Geschichte aus ihrem Leben erzählen. Und noch so agil, die schlägt jeden Einbrecher in die Flucht, haha. Nimm dir ein Beispiel an deiner Oma, PAULA! Und wehe, du denkst auch nur im Traum daran, ausgerechnet diese Frau zu beseitigen! Hast finanziell sowieso nichts mehr davon, denn dein Timo lässt dich ja links liegen.

Ist nicht mehr MEIN Timo, zeterte Lissie in Gedanken. Und nicht mehr MEIN Oliver, setzte sie nach. Blöde Kerle. ALLE!

Zeterte und fühlte sich unendlich einsam.

Was ist das?, überlegte Lissie, als sie die Gegenstände in der halb geöffneten Schublade im Schlafzimmer der Gräfin betrachtete. Eine Knarre? Ob die echt ist, oder nur eine täuschend echt wirkende Spielzeugwaffe, wie man sie manchmal Kindern schenkt? Mit Gift kenne ich mich aus, aber mit Knarren? Nein und nochmals Nein, dachte Lissie, spürte Panik in sich aufsteigen und wollte die Schublade schon wieder zuschieben, als sie Schritte hörte. Schritte, die sich der nur angelehnten Schlafzimmertür näherten, bis das leise Quietschen der Tür Lissie klarmachte: Sie war ertappt worden.

Langsam drehte sie sich um und sah ihre Großmutter direkt vor sich. Sah die zusammengekniffenen Augen der alten Dame, mit denen sie ihre Enkeltochter kritisch musterte. Schämte sich für ihre übergriffige Aktion – was ging sie der Inhalt von Omas Nachtschränkchen an? - und lief flammendrot an.

„Oma", krächzte sie und senkte verlegen ihren Kopf.

„Paula", vernahm sie die sonst so sanfte Stimme ihrer Großmutter, in die sich ein ungewohnt scharfer Ton eingeschlichen hatte. „Paula, suchst du was?"

Die faltigen Finger der Gräfin nahmen Lissie die Waffe aus der zitternden Hand, denn sie hatte sie es nicht mehr geschafft, sie in die Schublade zurückzulegen. Geschweige denn, sie unter dem fleckigen Lappen darin zu verbergen.

Nein, ich halte dieses elende Ding fest und richte es auch noch auf meine Oma, ging es Lissie auf. Ist die Waffe geladen? Wie leicht hätte sich ein Schuss lösen können, mein Gott, ich hätte meine liebe Großmama auf dem Gewissen gehabt. Davon, sie mit Gift umzubringen, habe ich längst Abstand genommen, aber jetzt stehe ich wie eine Kriminelle vor ihr und fuchtele mit der Knarre herum.

„Ist da …“, Lissie überlegte, „ähm, Munition drin?“ Die Antwort will ich gar nicht genau wissen, dachte sie.

„Nein, Kindchen, nicht mehr. Die bewahre ich woanders auf. Brauche ich zur Zeit nicht. Hoffentlich nicht“, erwiderte die Gräfin. „Setz dich bitte.“ Sie wies auf den Sessel, der neben ihrem Bett stand, und nahm daneben Platz auf der Tagesdecke, die ausgebreitet über dem Bettzeug lag. „Hinsetzen!“ Ein Befehl, so scharf ausgestoßen, wie Lissie es der runzligen alten Frau nicht zugetraut hätte.

Lissie hockte sich auf den Sessel, ohne sich anzulehnen. Saß regelrecht sprungbereit auf der Kante und starrte die Gräfin irritiert an.

Wie ein Kaninchen eine Schlange anschaut, die gleich zuschnappen wird, dachte sie, und das arme Karnickel weiß: Es gibt kein Entkommen!

Unwillkürlich duckte sie sich, blinzelte nervös und ergriff den silbern eingefassten Kettenanhänger an ihrem Hals, als wolle sie sich daran festhalten. Ein Lichtreflex huschte sekundenlang über die Zimmerdecke, dann versenkte Lissie den Anhänger wieder im Ausschnitt ihrer blaugrün gemusterten Bluse.

Die Gräfin ruckelte die Tagesdecke unter ihrem Allerwertesten zurecht. Verschränkte beide Arme wie ein Bollwerk vor ihrer Brust und begann: „Tja, irgendwann musstest du es herausfinden. Obwohl ich nicht damit gerechnet habe, dass du mir nachspionieren würdest, liebe Paula. Ich bin ehrlich gesagt ein wenig enttäuscht von dir."

Die ‚liebe Paula' zuckte zusammen. „Ich wollte nicht … Ich hatte niemals …" Sie stockte, überlegte kurz, und traute sich endlich die Gräfin zu fragen: „Hast du eine besondere Vergangenheit, Oma Elvira? Diese Schusswaffe … Hast du sie jemals abgefeuert? Hast du damit Menschen umgelegt? KANNST du sie benutzen? Bist du daran ausgebildet? Kannst du Karate oder so? Kannst du …"

„Stopp!", unterbrach die Gräfin Lissies hektische Aufzählung. „Ich habe meine Geheimnisse, Kind. Aber ja, ich kann damit umgehen. Im Ernstfall damit umgehen", wiederholte sie und wies mit ihrer Hand auf die nun wieder geschlossene Schublade des Nachtschranks, der am Kopfende ihres Bettes stand. „Ich war jahrzehntelang als Geheimagentin tätig. Details darüber müssen dich nicht interessieren. Jedenfalls weiß ich mich zu wehren, Mädel. Die Waffe ist immer griffbereit", beendete sie ihre Ausführungen und stieß hörbar den Atem aus, bevor sie aufstand. „Nun lasst uns gemeinsam zu Abend essen, ich bin hungrig und möchte mich heute früh schlafen legen."

Schon klar, mehr wird sie nicht preisgeben, erkannte Lissie, erhob sich und folgte ihrer Oma ins Speisezimmer. Zunächst eine kräftige Hühnersuppe, anschließend ein köstliches vegetarisches Mahl und zum Abschluss eine Crème Brûlée beruhigten Lissies Nerven ein wenig, und ihr gemeinsames Tischgespräch drehte sich um die üppigen Rosenbeete in dem großen Garten, der zur Villa gehörte. Sie fachsimpelten über die Farben der Blütenblätter, über den wunderbaren Duft, der von den Blumen ausging, und hätten ewig so weiterreden mögen.

Eine lebenserfahrene alte Frau mit ihrer lebenshungrigen Enkelin, hätte ein argloser Zuschauer meinen können.

***

Die vielen bunten Landkarten an den Wänden der Villa, einige davon sichtlich alt, hatten Lissie schließlich neugierig fragen lassen: „Oma, hast du all diese Länder selbst gesehen? Immerhin ist eine echte Geheimagentin doch bestimmt weltweit aktiv, oder nicht?" Ihre Stimme hatte einen ehrfürchtigen Klang angenommen.

„Natürlich, meine Einsätze fanden nicht im Nachbarkaff zwischen Misthaufen und Hühnerstall statt." Die Gräfin hatte Lissie verschmitzt angegrinst und ihr ausführlich von ihren Abenteuern, von wilden Verfolgungsjagden und tagelangem Verstecken in erbärmlichen Unterkünften berichtet.

Und so hatte Elvira damit begonnen, Lissie ein wenig aus ihrem aufregenden Leben zu erzählen. Natürlich, ohne dabei Namen damals beteiligter Menschen oder Ortschaften zu nennen. „Streng geheim", hatte sie erklärt.

„Und das hier ist eine historische Karte, die das einstige Peru darstellt", erklärte die Gräfin soeben und nahm sich einen Keks aus der Schale, die auf dem Tisch stand.

146

„Leider schon ein wenig schadhaft", bei diesen Worten fuhr sie mit einer fast schon zärtlichen Bewegung mit ihrem Zeigefinger über einen Riss, der etwa zwei Zentimeter tief in die Karte hineinragte. „Aber noch alles darauf erkennbar; sogar das Gebiet, in dem ich einige unruhige Nächte im Freien verbringen musste. Bei jedem Geräusch hellwach, ein Messer griffbereit im Stiefel verborgen, eine Pistole unter der Reisetasche, die mir nachts als Kopfkissen diente." Genüsslich knabberte sie an dem Schokoladenkeks in ihrer Hand. „Auch einen, damit du meine Schauergeschichten besser verträgst?", erkundigte sie sich und schob die Schale über die Tischplatte näher zu Lissie heran.

„Hm ...", machte die, steckte sich einen der Kekse komplett in den Mund und kaute aufgeregt. „Waren die Typen dort heißblütige Eroberer? Haben sie versucht, dich zu entführen, Oma?"

„Ach, die Männer dort!", meinte Elvira und verdrehte schwärmerisch ihre Augen zur Zimmerdecke, als könne sie dort einen attraktiven Lover sehen. „Viele umwarben mich. Ein Scheich wollte mich sogar heiraten, dann wäre ich die Lieblingsfrau in seinem Harem geworden!"

„Wow", entfuhr es Lissie. Sie versuchte sich ihre Oma als junge Frau vorzustellen, die dem Scheich gefiel. Umhüllt von edlen Seidenstoffen, die ihrer Figur schmeichelten. „Hättest wärmeres Wetter dort gehabt", lachte sie vergnügt und wies mit ihrer Hand zum Fenster, hinter dem sich ein heftiges Regenschauer austobte.

„Und einen liebestollen Scheich, der mich bei jeder Gelegenheit auf seinen Diwan zerrt? Nein, danke", entgegnete die Gräfin. „Ich habe es vorgezogen, unabhängig zu bleiben."

Während der Unterhaltung rumorte es in Lissies Kopf; sie meinte, ihre Oma als schneidige Agentin vor ihrem inneren Auge zu sehen und glaubte, hinter einigen harmlosen Äußerungen der Gräfin versteckte Botschaften wahrzunehmen.

„Du bist nicht bei der Sache, Kind", erkannte die Gräfin. „Sondern viel mehr damit beschäftigt, gedanklich in meine ungewöhnliche Vergangenheit abzutauchen, stimmt's?"

„Dir kann man aber nix vormachen, liebe Oma", gab Lissie zu und lächelte die alte Dame verschmitzt an.

„Nee, keine Chance", erwiderte Elvira grinsend. „An mir haben sich schon ganz andere Leute ihre Zähne ausgebissen, haha."

***

Hätte Lissie nun mehr auf die Privatsphäre der Gräfin geachtet und nicht, ohne vorher zu überlegen, einfach deren Tür zum Ankleidezimmer neben ihrem Schlafzimmer geöffnet; hätte Lissie sich ihrer Oma nicht am folgenden Vormittag auf ihren bequemen Slippern leise genähert, ja, sich geradezu angeschlichen, sie hätte ein weiteres Geheimnis ihrer Großmutter nicht bemerkt.

Aber im selben Augenblick, als Lissie das Ankleidezimmer betrat und Elvira ein elegantes hellblaues Seidenkleid über ihren noch beneidenswert schlanken, durchtrainierten Körper gleiten ließ, fehlte etwas auf dem

148

Kopf ihrer Oma. Etwas Entscheidendes, das ihr Äußeres bestimmte.

Lissie schnappte hörbar nach Luft und taumelte vor Schreck gegen den Türrahmen. Die Gräfin war kahlköpfig!

Ihre Haarpracht lag neben ihr auf einem Stuhl. Mit den zu einem altmodischen Dutt zusammengefügten künstlichen schneeweißen Haaren vervollständigte diese Perücke täglich die vornehme Erscheinung der Gräfin. Sie passte zu ihren Perlenketten, zu den Ringen an ihren Fingern und zu ihrem runzligen Gesicht. Ein typische Großmutter eben, harmlos erscheinend, mit sanfter Stimme und liebevollen Gesten. Fehlen bloß noch ein Schaukelstuhl, ein Wollknäuel und Stricknadeln, dachte Lissie.

Doch hinter dieser Fassade steckte eine …? Lissie war fassungslos. Eine taffe Kriminelle vielleicht? Eine Frau, die auch vor dem Erschießen anderer Menschen nicht haltmachte?

Die Gräfin, aufgeschreckt durch die Geräusche an der Tür, hatte sich behände wie eine junges Mädchen hinter einer Schranktür verborgen, sich die Perücke mit einer fließenden Bewegung über ihren Kopf gestülpt und den Reißverschluss ihres vorn aufklaffenden Kleid geschlossen. Von ihrer altersbedingten Unbeweglichkeit keine Spur mehr.

Nun verharrte sie wortlos vor ihrer Enkeltochter und wartete offenbar auf eine Erklärung. Auf eine Entschuldigung Lissies für deren erneutes trampeliges, übergriffiges Verhalten. Doch Lissie schwieg, zu überrascht von den Dingen, die sich gerade vor ihren Augen abgespielt hatten.

„Wenigstens anklopfen solltest du in Zukunft, Paula“, ließ die Gräfin sich schließlich vernehmen, und ihre Stimme hatte einen eisigen Klang angenommen. „Nicht alles, was du hier zu sehen bekommst, ist für deine Augen bestimmt. Habe ich mich klar genug ausgedrückt?“

„Sorry, Oma … Ähm, Großmama Elvira“, stammelte Lissie. „Ich wollte doch nur … ich dachte …“ Sie verstummte, als sie den kalten Blick bemerkte, den die Gräfin ihr zuwarf.

„Wir sind zwar Oma und Enkeltochter, liebe Paula, und dennoch sind wir einander noch recht fremd“, erklärte Elvira nun. „Und dass ich dich nicht in alles in meinem Leben einweihe, ist zu deinem Besten, glaub mir. Nur zu deinem Besten“, wiederholte sie in eindringlichem Tonfall. „Ich könnte es nicht verwinden, auch dich durch einen dummen Zwischenfall zu verlieren. Dich aufgeben zu müssen wie einst meine Tochter.“

Elvira drehte sich um und nahm einen zum Kleid passenden Seidenschal, um diesen um ihren Hals zu drapieren. Wortlos und abweisend.

Das Gespräch mit mir, ihrer tolpatschigen Enkeltochter, ist für Oma beendet, begriff Lissie. Sie ging hinaus und trottete gedankenverloren über den Flur zu dem Gebäudetrakt hinüber, wo sie an diesem Tag noch in mehreren Räume putzen musste.

Will Großmama mir Angst machen?, überlegte sie bei jedem ihrer Schritte und dachte: Ich kann ihre Andeutungen nicht so recht einordnen. Ich glaube nur, dass sie offenbar nicht so harmlos ist, wie sie mir bisher erschienen ist. Und dass es in ihrer Gegenwart womöglich sogar gefährlich werden kann. Gefährlicher, als ich es mir vorzustellen vermag.

„Du verwirrst mich, liebe Oma Elvira“, murmelte Lissie und verspürte ein Gefühl, als habe sie jemanden verloren.

Der Marienkäfer hing bis spätabends kopfüber unter dem Ring an Lissies Finger. Erst, als sie sich in ihrer Wohnung ins Bett sinken ließ, sich zudeckte und die kleine Leselampe über ihrem Kopfende ausschalten wollte, da drehte Lissie noch den Ring an ihrem Finger wieder zurecht. Korrigierte die Position des Käferchens, so dass dieser wieder oben saß, wandte sich selbst auf ihre andere Seite um und versank in einen traumlosen Schlummer.

***

Früher sah Oma auch anders aus als heute, erkannte Lissie am folgenden Tag überrascht. Sie ist nicht nur sichtlich älter geworden, sondern sie wirkt vollkommen verändert.

Hm, wie genau eigentlich?, überlegte sie, klappte das alte Fotoalbum rasch wieder zu und verstaute es unter dem Stapel Handtücher, wo sie zufällig darauf gestoßen war, als sie nach einem sauberen Badehandtuch für sich selbst gesucht hatte, das ihre Oma ihr hoffentlich leihen würde. Lissies hatte ihr eigenes vergessen, mitzunehmen, wollte sich jedoch ein heißes Schaumbad gönnen.

Schneller, als Lissie sie sich jemals hatte bewegen sehen, näherte sich die Gräfin der Schranktür, die Lissie

151

nicht mehr rechtzeitig genug hatte schließen können. Blieb direkt vor ihrer Enkeltochter stehen, sah sie mit eiskalten Blicken an und murmelte nur: „Enttäuschend." Hob ihren Arm und bedeutete Lissie, ihr Schlafzimmer zu verlassen.

Wie ein begossener Pudel schlich Lissie hinaus. Wünschte sich, in einem tiefen Loch verschwinden zu können. Oder zumindest ihr Fehlverhalten rückgängig machen zu können.

Vergebliche Wünsche. Sie wusste es.

„Oma", krächzte sie, als sie die Schritte der Gräfin hinter sich vernahm. „Großmama!"

Die Verzweiflung in ihrer Stimme erreichte die Gräfin. „Kind", meinte sie und schüttelte ihren Kopf. „Liebes Kind meines Kindes, liebe Enkeltochter, Paula! Wie kann ich dir nur begreiflich machen, dass zuviel Neugierde gefährlich werden kann! Lebensgefährlich", schloss sie, und der eindringliche Tonfall in ihrer Greisenstimme verursachte Lissie eine Gänsehaut.

„Zieh dir eine Jacke an, draußen ist es kühl", forderte ihre Oma sie auf. „Wir besuchen jemanden auf dem Friedhof, der bis zuletzt nicht die Wahrheit über mich gewusst hat: meinen verstorbenen Mann", erklärte sie. „Baden kannst du anschließend. Wenn ich dich nicht ertränke, unartige Göre, haha", kicherte sie und nahm damit ihren vorigen Worten die Schärfe.

Lissie entspannte sich ein wenig, und ihre verkrampften Schultern sackten hinunter.

„Puh", seufzte sie, ergriff ihre Jacke, die auf dem Garderobenständer in der Eingangshalle hing, hüllte sich darin ein, schlang sich ihren Schal um den Hals, stülpte sich ihre Wollmütze über den Kopf und streifte sich ihre warmen Handschuhe über die Hände.

Und rüttelte aus Gewohnheit von außen an der Haustür, nachdem die Gräfin diese abgeschlossen hatte. War sie auch wirklich zu?

Elvira bedachte sie mit einem sorgenvollen Blick, schüttelte nur wortlos ihren Kopf und ging los.

„Auf geht's", meinte Lissie betont fröhlich und folgte ihrer Oma, die ihr plötzlich merkwürdig fremd erschien. Zum Friedhof, hm. Was würde sie dort erwarten?

Elviras Miene wirkte verschlossen; sie würde nichts preisgeben.

***

Der Fußweg zum Friedhof zog sich hin, doch die Gräfin wirkte überraschend fit auf Lissie, die ihre schmerzenden Füße spürte – und sich selbst als hinfälliger als die über Achtzigjährige an ihrer Seite fühlte. „Sind wir nicht bald da?", erkundigte sie sich wie ein erschöpftes kleines Mädchen mit quengelnder Stimme.

„Dauert noch", war die knappe Auskunft der Gräfin. Weiter ging es, bis sie das Friedhofsgelände betraten.

Es begann bereits zu dämmern, und Lissie warf ihrer Oma fragende Blicke zu. Hat die keine Angst hier draußen, umgeben von hohen Büschen, hinter denen sich brutale Ganoven verbergen können, um uns wehrlose Frauen zu überfallen?, fragte sie sich beklommen.

Meldungen in Zeitungen über solche Vorfälle, verbunden mit der Warnung, hier bloß nicht allein

153

herumzulaufen – als Frau schon gar nicht! -, kamen ihr in den Sinn.

Da, raschelte es nicht in dem dichten Blättergewirr? Huschte dort nicht ein Schatten umher? Lissie wurde immer langsamer. Ängstlich zog sie sich den Rand ihrer Mütze tiefer ins Gesicht, bis nur noch ihre Augen darunter hervorschauten. Eine Wollfädchen hing ihr ins linke Auge und ließ sie verzweifelt blinzeln. Vergeblich zerrte sie den Handschuh ihrer linken Hand herunter und wischte ausgiebig in ihrem Auge – es brannte weiterhin. Tränen rannen ihr über die Wange.

Endlich schaffte sie es, den lästigen Fussel zu entfernen.

„Machst' dir in die Büx, nicht wahr, kleines Mädchen? Also, hinter den Maschen deiner Mütze kannst du dich nicht verbergen, dir geraten höchstens Flusen in die Augen wie gerade eben", kam es in spöttischem Tonfall von der Gräfin. „Mach dir keine Sorgen, Paula, ich kann uns beide beschützen vor Angreifern. Ich habe zwar nur eine Nagelfeile bei mir", sie strich kurz mit ihrer rechten Hand über die Seitentasche ihrer Jacke, „aber damit und mit der richtigen Technik setze ich jeden Gegner schachmatt. Niemand sollte sich auf mich, das vermeintlich leichte Opfer, stürzen. Ja, da staunst du, nicht wahr?"

„Wer … wer bist du in Wirklichkeit, Oma? Und … hast du dich optisch verändern lassen? Könnte dich jemand aus deiner Jugend heute nicht mehr erkennen?"

Viele Fragen, zu vielen Fragen, dachte Lissie und wartete beklommen auf die Reaktion der Gräfin.

Doch die ging wortlos weiter und folgte den ineinander verschachtelten Wegen, die auf Lissie wie ein Labyrinth wirkten. Die sie an einen Irrgarten denken ließen, in dem sie sich einst als Kind verlaufen hatte. Ihre Mama hatte sich köstlich amüsiert und sie anschließend zu einer leckeren Schokolade eingeladen. Erinnerungen …

Lissie kehrte gedanklich wieder in die Gegenwart zurück und lief tapfer hinter der Gräfin her. An ihrem rechten Fuß schien sich eine Blase zu bilden, und sie wünschte sich, statt ihrer flachen Sneaker besser die derben Wanderschuhe angezogen zu haben, die Elvira ihr geschenkt hatte. Zu spät, dachte sie resigniert, das muss ich nun ertragen. Immer weiter ging es; noch eine Biegung, noch eine verwunschene Nische für Liebespärchen … Knutschen auf einem Friedhof, nee, das gehört sich nicht, hörte sie, verlässlich wie immer, ihr inneres Stimmchen bei diesem Gedanken zetern.

Schnauze halten!, raunzte Lissie es an und fragte sich dann: Wo sind wir eigentlich? Und … wohin gehen wir? Finden wir auch wieder hinaus? Übernachten möchte ich hier nicht.

Doch Elvira schien sich auszukennen. Ihr schien jede Biegung vertraut zu sein, jeder unversehens vor ihnen auftauchende Winkel, jede Abzweigung. Ohne zu zögern, schritt sie voran, ihre irritierte, mittlerweile vollkommen erschöpfte Enkeltochter auf den Fersen.

„Ich kann nicht mehr, Oma. Meine armen Füße; ich kann kaum noch damit auftreten", maulte Lissie und schämte sich im nächsten Moment. Ihre alte Großmutter zeigte keine Schwäche, aber sie selbst, dieses vergleichsweise junge Küken, brach fast zusammen? Wie peinlich.

Die Gräfin reagierte nicht auf Lissies Gejammer, sondern lief unverdrossen weiter. „Wir sind da", war alles, was sie plötzlich sagte. Sie blieb so unvermutet stehen, dass Lissie sie fast umrannte.

Vor ihnen war eine bereits eingesunkene Grabstelle auszumachen, bepflanzt mit immergrünen Gewächsen, die den schlichten grauen Grabstein fast zuwucherten.

„Mein Werner", raunte die Gräfin und wischte etwas Schmutz von dem glatten Granit, auf dem die Lebensdaten eines Mannes standen. „Für ihn war ich Kathy, denn ich habe mich Katherina genannt. Auch Elvira heiße ich eigentlich nicht, Lissie", erklärte sie dann. „Und mein Adelstitel ist erstunken und erlogen; tatsächlich bin ich mit einem Allerweltsnamen zur Welt gekommen. Der ist so häufig vertreten, damit kannst du mühelos etliche Seiten im Telefonbuch füllen, haha."

Lissie staunte und musterte die Frau, die da als ein scheinbar verhutzeltes Mütterchen neben ihr stand und sich ihr Hütchen auf dem Kopf zurechtrückte.

„Mund zu, brauchst hier keine Fliegen fangen; daheim wartet eine leckere Mahlzeit auf uns", meinte die Gräfin und schien sich köstlich über die irritierte Miene ihrer Enkeltochter zu amüsieren.

„Für meinen Werner war ich die patente Hausfrau, Geliebte und die ansehnliche Begleiterin bei seinen Geschäftsessen. Ein Mädchen aus einfachen Verhältnissen eben, das sich ihn, den weltgewandten Herrn Doktor, geschnappt hatte. Es war eine Zufallsliebe, wie man ihnen normalerweise nur in Liebesfilmen begegnet", erklärte Elvira.

Sie machte eine Pause und schien gedanklich in ihre Vergangenheit einzutauchen, bevor sie mit leiser Stimme weiter erzählte: „Da biege ich eines Tages nichtsahnend um eine Hausecke, voller Vorfreude auf einen lustigen Plausch bei Kaffee und Kuchen mit meiner damaligen Freundin – meiner einzigen Freundin übrigens, aber selbst die wusste nicht über mich Bescheid. Und pralle mit voller Kraft gegen eine männliche Brust. Rotze dem armen Kerl dabei noch versehentlich den teuren Mantel voll, denn mir lief die Nase, da es bereits empfindlich kühl war. Blicke hoch wie ein verschrecktes Kaninchen und überlege blitzschnell: Wenn das einer meiner Verfolger ist! Du dumme Nuss musst vorsichtiger werden, sage ich mir. Und dann …"

Die Gräfin begann zu kichern. „Der Mann, ein echter Gentleman, entschuldigt sich BEI MIR dafür, dass er nicht schnell genug ausgewichen sei. Beginnt, eifrig an dem Fleck auf seinem Revers herumzuwischen. Ich beteilige mich daran, und so wischen wir gemeinsam daran herum. Bis wir in Lachen ausbrechen und, unsere Finger ineinander verknäuelt, dicht voreinander stehenbleiben und uns in die Augen sehen. Eisblaue Augen hatte er, in die ich mich augenblicklich verliebt habe, Paula! Wirklich wie in einem Schnulzenroman. Wie ein Backfisch muss ich ihn angestarrt haben, und dann …"

Lissies Oma verschluckte sich beinahe, so sehr musste sie kichern. „Und dann meinte eine freche Taube, mich vollkacken zu müssen. Mit einem Platsch landete ein hässlicher, großer Schiss auf meinem Haar, das ich damals lang und offen trug."

„Und ihr musstet eure gemeinsame Wischaktion auf dein Haar verlegen, stimmt's?", setzte Lissie amüsiert die Erzählung fort.

Die Gräfin nickte und wurde wieder ernst. „Es war der Beginn einer großen Liebe. Die heimlich begann, da Werner noch mit einer Frau verheiratet war, die er nicht im Stich lassen mochte, denn sie hatte Krebs im Endstadium. Eine Liebe, die mit Lügen fortgesetzt wurde, da ich ihm nicht die Wahrheit über mich erzählen durfte. Und die schließlich damit endete, dass er seine Frau beerbte und mich schon kurz darauf ehelichte. Meine gefälschten Papiere samt Adelstitel wurden als gültig anerkannt, und wir zogen gemeinsam in das Anwesen, in dem ich heute noch wohne. Nun lass uns heimgehen, Paula", forderte sie und wandte sich von der Grabstelle ab.

Das war keine leichte Kost, dachte Lissie, als sie der munter ausschreitenden Gräfin keuchend hinterherstapfte. Wie mag sie in Wirklichkeit heißen?

„Mein Name beginnt mit dem Buchstaben N", sagte die Gräfin neben ihr unvermittelt, um dann hinzuzusetzen: „Den Rest darfst du gerne raten, liebe LISSIE. Ist ein gebräuchlicher Vorname. Und übrigens, im Gedankenlesen bin ich geübt, haha."

Wie ich gerade bemerkt habe, dachte Lissie sich und bemühte sich, den forschen Gang, den ihre Oma vorlegte, einzuhalten.

er lässt aber nicht locker, dachte Lissie, als sie eine vertraute Gestalt über die Terrasse gehen sah, der Gräfin entgegen, einen üppigen Blumenstrauß in seiner Hand. Timo, dieser Mistkerl! DEN sollte ich um die Ecke bringen statt meine Oma! Der würde Augen machen in seinen letzten Momenten, wenn ihm klar würde, wozu ich fähig bin. Wenn ich schließlich vor ihm stünde, das Gefäß mit dem Gift noch zwischen meinen Fingern, einen lockeren Spruch zum endgültigen Abschied auf den Lippen. Der Mann würde mir nicht leidtun. Glaube ich. WEISS ICH.

Rasch versteckte sie sich hinter einem Busch.

Was glaubt Timo eigentlich, WER die Gräfin umbringen soll, damit er sie anschließend beerben kann?, überlegte Lissie. ICH jedenfalls nicht. Diesmal nicht. Sollte er es selbst versuchen, es würde vermutlich – nein, hoffentlich! – nicht klappen, so ungeschickt, wie er ist.

Ich muss mich immer möglichst unauffällig in seiner Nähe aufhalten, falls Großmama wirklich irgendwann eine Ehe mit ihm eingeht. Dann wird er hier dauernd herumscharwenzeln, wird mir das Leben zur Hölle machen und sie verwöhnen, erkannte Lissie. Er wird versuchen, mich dazu zu zwingen, ihr etwas anzutun. Wenn ich das ablehne, muss ich meine Oma davor bewahren, dass er es selbst in seine unfähigen Hände nimmt! Und damit rechnen, dass er sich an mir rächen will.

Sollte ich ihn dabei beobachten, wie er einem Getränk etwas hinzufügt, und sei es nur Sahne, muss ich die Flüssigkeit wegkippen, bevor meine Großmama davon trinkt. Ich muss jede seiner Bewegungen überwachen, dachte sie verdrossen. Von nun an. Und mich bewaffnen.

Sie starrte gedankenverloren das spitze Messer an, mit dem sie soeben einen Apfel abschälte. Reicht das, um ihn schachmatt zu setzen?, fragte sie sich und warf ein Stück der Schale auf einen Unterteller.

Wie würde wohl ihre Oma vorgehen, wenn sie bedroht würde? Die Erwähnung einer Nagelfeile als Waffe, die die Gräfin auf dem Friedhof gemacht hatte, fiel ihr ein. Nur, dass ihre Oma vermutlich geübter im Nahkampf war als sie selbst. Doch ein Ernstfall verleiht auch mir hoffentlich ungeahnte Kräfte, dachte Lissie und entfernte sorgfältig das Kerngehäuse aus dem Apfel, um danach in das säuerliche Fruchtfleisch zu beißen.

Also zukünftig gilt: Timo gegen Lissie, Exfreund gegen Exfreundin, überlegte sie. Hätte nie vermutet, dass es mal dazu kommen könnte.

Kurz blitzte eine Erinnerung in ihrem Gehirn auf: Timo und sie, wie sie engumschlungen nebeneinander auf dem Sofa saßen und einander mit Pralinen fütterten. Wie sie gemeinsam eine Liebesschnulze auf dem Fernsehbildschirm verfolgten, denn sie liebte trotz ihrer kriminellen Ader solche Herz-Schmerz-Geschichten und konnte dabei ganze Taschentuch-Packungen vollheulen, während Timo die Handlung genervt verfolgte. Oder wie sie sich ihm zuliebe einen Actionfilm anschaute, der sie furchtbar langweilte.

Gleich darauf verschwanden diese Erinnerungsfetzen wieder, lösten sich auf wie der Anblick einer bunten Blumenwiese in aufziehendem Nebel.

Lissie straffte ihren Oberkörper und verfolgte mit zusammengekniffenen Augen, wie Timo nun die gräfliche Hand zur Begrüßung küsste. Wie er seinen Blumenstrauß überreichte und ihre Oma offenbar mit süßlichen Worten vollschleimte, denn sie lächelte ihn selig an. Schauspielert meine Oma, oder lässt sie sich tatsächlich von diesem verlogen Kerl einwickeln?, fragte sich Lissie und schlich sich ein wenig näher an die Terrasse heran, um hören zu können, was Timo äußerte. Sie verbarg sich auch dort geschickt hinter einem Busch und lauschte interessiert.

„Sie sind ja ein Charmeur, lieber Michel", säuselte die Gräfin gerade und verpasste Timo einen Schmatzer auf dessen glattrasierte Wange. Strich mit ihren gepflegten Fingern leicht über sein volles Haar und forderte ihn auf, sich zu ihr zu setzen.

„Lassen Sie uns vergnügt miteinander klönen", vernahm Lissie ihre Stimme, die einen zärtlichen Klang angenommen hatte. „Ich schätze eine anregende Unterhaltung mit einem kultivierten Mann wie Ihnen."

Ekelhaft!, ging es Lissie durch den Kopf. Timo alias Michel: ein kultivierter Mann? Das kann meine Oma doch nicht ernst meinen? So verpeilt kann sie nicht sein.

Ein kurzer Seitenblick der Gräfin zum Gebüsch und ein kaum wahrnehmbares Zwinkern in ihre Richtung beruhigten Lissie gleich darauf. Nein, sie spielt mit ihm. Mein pfiffige Oma hat ihn längst durchschaut. Alles andere hätte mich auch enttäuscht.

Fast hätte Lissie Beifall geklatscht. Stattdessen stahl sie sich verstohlen davon und bezog nun Position in einem alten Geräteschuppen, dessen klapprige Holztür im unteren Bereich ein Loch aufwies. Prima, um Timo auszuspionieren, dachte Lissie begeistert, ging in die Knie, spähte prüfend hindurch und kam dann wieder hoch.

Der rasche, amüsierte Blick der Gräfin zum Holzhäuschen entging ihr, da sie im selben Moment damit beschäftigt war, im Inneren des Schuppens möglichst leise einen Klappstuhl vor das Guckloch zu stellen.

Ist bequemer, als auf Knien zu hocken, dachte Lissie und setzte sich, den angebissenen Apfel in der Hand. Gespräche mit der selbstgefälligen Labertasche Timo können dauern. Zu dumm, dass ich die beiden von hier aus zwar sehen, aber nicht hören kann, bedauerte sie.

***

Tatsächlich, er kriegt sie ins Bett, erkannte Lissie, nachdem Timo an der Seite ihrer Oma im Inneren des Hauses verschwunden war. Nachgeschlichen war sie ihnen und horchte jetzt verschämt an Elviras Schlafzimmertür.

„Oh, mein Michel", hörte Lissie die Gräfin stöhnen und hätte sich am liebsten ihre Ohren zugehalten.

„Meine … aah … meine geliebte Gräfin!", vernahm sie Timo, und sein Stöhnen wurde heftiger.

„Ja … Hm …" Ein erleichtertes Aufseufzen sagte Lissie, dass er sich nicht zurückgehalten hatte.

„Jetzt du", hörte sie ihn ankündigen, und die eindeutigen Geräusche, die anschließend an ihre Ohren drangen, ließen Lissie umgehend kehrtmachen; offenbar war Timo soeben damit beschäftigt, auch der Gräfin zur Entspannung zu verhelfen. Sie zu beglücken, anstatt ihr Gift zu verabreichen.

Mit roten Wangen schlich Lissie sich verlegen davon und betrat wieder den Schuppen, um die beiden im Auge behalten zu können, sobald sie wieder draußen erscheinen würden. Die lässt sich einfach von diesem Idioten flachlegen wie ein liebestoller Teenager! Wie Großmama ihn angeschmachtet hat! Wie ein Mädchen, das einen Popstar anhimmelt. Wie kann sie nur ...

Warum eigentlich nicht?, dumme kleine Lissie, meldete sich unverhofft ihr inneres Stimmchen zu Wort. Die Gräfin ist eine erwachsene Frau, und dein Ex ist ein ansehnlicher Mann. Gönnst du deiner Oma diese Freude etwa nicht? Hältst du sie für zu alt? Meinst du, nur jungen Leuten wie dir steht ein solches Vergnügen zu? Bist du etwa eifersüchtig?

Klappe halten!, raunzte Lissie in Gedanken das Stimmchen an. Musst du dich eigentlich immer einmischen? Am liebsten würde ich dich ...

Ja, was denn? Umbringen vielleicht? Dir deinen eigenen Schädel mit Gift einreiben?, erkundigte die Stimme sich höhnisch. Haha, ich lach mich tot, meinte es dann noch und verstummte endlich.

***

„Ach, wie angenehm sind doch die Stunden an deiner Seite, Liebster“, vernahm sie da die Stimme der Gräfin, und sie klang ebenso verlogen wie Timos, wenn er um sie herumschleimte. Süß wie klebriger Honig.

Schon saßen die beiden erneut auf der Terrasse, allerdings hatten sie sie diesmal auf der Hollywoodschaukel Platz genommen. Und zwar eng nebeneinander, mit ineinander verschränkten Händen. Und mit verstrubbelten Frisuren, erkannte Lissie. Außerdem hatte Timo sein Oberhemd falsch zugeknöpft, denn es hing schief an ihm herunter.

„Doch nicht hier", wehrte die Gräfin jetzt ab, als Timos Hände sich unter ihre Bluse wagten und ihre Brüste liebkosten. „Du bist ja unersättlich!"

„Vorhin durfte ich", schmollte er und ließ sie los.

„Vorhin, ja, da konnte uns niemand belauschen", erklärte die Gräfin. „Aber hier, im hellen Sonnenlicht … Nein, Liebster, gewisse Dinge genieße ich besser unter der Bettdecke, haha", kicherte sie und verpasste ihm einen innigen Schmatzer auf seine Wange.

„Die Decke lag doch längst auf dem Fußboden, so dass ich deinen wundervollen Körper sehen konnte, liebe Elvira", schmalzte Timo. „Straff wie eine Zwanzigjährige, mit der Erfahrung einer …" Ihm gingen die Worte aus.

„Mit der Erfahrung einer alten Schachtel", entgegnete die Gräfin amüsiert.

„Kein Widerspruch", würgte sie ihn ab, als er dazu ansetzte. „Ich bin eine Greisin, und meine Haut wird faltig. Falls dir dies noch nicht aufgefallen sein sollte, mein Lieber, solltest du dich mal vom Augenarzt untersuchen lassen." Ein verschmitztes Grinsen überzog ihr gesamtes Gesicht und ließ sie jünger erscheinen.

Jung, durchtrainiert und pfiffig wirkt sie, ging es Lissie bei diesem Anblick durch den Kopf, und sie wünschte sich, später ebenso wie Elvira sein zu können. Doch - würde sie überhaupt dieses Alter erreichen?, fragte sie sich. Bei ihrem Lebenswandel?

„Als Kind war ich eine ‚wilde Hummel', wie mein Großvater mich oft genannt hat", hörte sie jetzt die Gräfin erzählen. „Kein Baum war davor sicher, von mir geentert zu werden, haha. Hab mich mit Jungs geprügelt, die mich, das einzige Mädchen in der Spielrunde, verar ... wollten. Oft war ich denen überlegen."

Der Stolz in ihrer Greisenstimme war nicht zu überhören, als sie fortfuhr: „Ich war geübt darin, mir im Buschwerk Höhlen zu bauen, in denen ich mich mit einem spannenden Buch verkrochen habe, um in Ruhe lesen zu können. Sogar in einer Schneehöhle habe ich mal mehrere Stunden verbracht, bis es mir am Popo zu kalt wurde. Dagegen half auch der heiße Tee aus einer Thermoskanne nichts. Und das Sitzkissen, das ich aus dem Wohnzimmer mitgebracht hatte, ebenfalls nicht. Kalter Hintern, warme Gedanken. Wie so oft in meinem Leben", schob sie kichernd hinterher.

„Ich hab als Kind häufig auf Bildschirme gestarrt, und als Erwachsener erst recht", bekannte Timo. „Auf Fernsehbildschirme, Computerbildschirme und schließlich auf Smartphone-Displays. „Deshalb sind meine Augen auch so viereckig, haha."

„Und schlechter als meine", neckte die Gräfin ihn, doch der ernste Unterton in ihrer Stimme ließ keinen Zweifel daran, dass sie sehr wohl um die Auswirkungen stundenlangen Starrens auf elektronische Medien wusste. „Außerdem sind die lieben Kleinen heutzutage weniger sportlich, als es unsereins damals war. Viel Glotzen, wenig Bewegung eben", fasste sie zusammen und erntete ein zögerliches Nicken von Timo.

„Hm, is' wohl so", grunzte er nur und kuschelte sich noch enger an sie.

Eine Weile schwiegen beide, und Lissie überlegte schon, ihren Beobachtungsposten im Schuppen aufzugeben. Ein Räuspern auf der Terrasse ließ sie jedoch ausharren und weiterhin neugierig durch das Astloch in der Tür schauen.

Die Gräfin streckte soeben ihren Oberkörper und gähnte hinter vorgehaltener Hand.

„Die Aktivitäten zusammen mit dir machen mich hungrig", meinte sie, sandte Timo einen schelmischen Blick zu, und gähnte erneut.

„Ach, es tut wohl, von Kindheitserlebnissen zu erzählen und gemeinsam darüber zu lachen, liebster Michel", konnte Lissie sie dann verstehen.

Timo flüsterte Elvira etwas ins Ohr und leckte mit seiner Zunge über ihr Ohrläppchen. Zupfte anschließend eine Strähne aus ihrem Haar – Vorsicht, nicht ihre Perücke zu Boden zerren!, dachte Lissie und grinste –, dann tätschelte er liebevoll die Hand der Gräfin. Beugte sich erneut zu ihr und raunte ihr wieder etwas zu.

Lissies Oma lehnte sich an ihn und kicherte über einen Witz, den Timo ihr offenbar ins Ohr geflüstert hatte.

Ach, wie lustig, dachte Lissie und verzog grimmig ihr Gesicht. Sie legte die zerfledderte Zeitschrift, die sie in der

Hütte gefunden hatte und mit deren Lektüre sie sich die Zeit auf ihrem Beobachtungsposten vertrieben hatte, auf den Fußboden.

Dann wurden ihr die Worte der Gräfin bewusst. Hatte die nicht gerade von ‚Kindheitserinnerungen‘ gesprochen? Es waren doch sicherlich erfundene Erinnerungen, die sie Timo aufgetischt hat, glaubte Lissie. Wenn Großmama nicht einmal ihren wahren Namen preisgibt, dann wird sie niemals etwas über echte Erlebnisse erzählen. Mir nicht, und schon gar nicht einem dahergelaufenen Typen wie Timo.

Oder? Die Unsicherheit nagte an Lissie.

*H*allo Klaus! Wie geht's denn Fido, hat er wieder Appetit?" Lissie sah ihren Nachbarn, einen pensionierten Kriminalkommissar, neugierig an, der bedächtig die aromatisch duftende Pfeife aus seinem Mund nahm und Lissie freundlich angrinste. Im Treppenhaus waren sie einander zufällig begegnet, wie schon so oft.

„Bestens, danke. Hat wohl nur eine leichte Magenverstimmung gehabt. Er verschlingt das Futter wieder so gierig, als bekäme er nichts zu fressen, wenn er sich Zeit ließe. Als würde ich meinem kleinen Zausel den Futternapf wegnehmen wollen", amüsierte der Mann sich und zog seinen geliebten frechen Zwergspitz an der Hundeleine ein wenig näher zu sich heran, da das Tier sich gefährlich nahe an der steilen Treppe aufhielt und sich soeben anschickte, übermütig die hohen Stufen hinunterzuspringen, da draußen auf der Straße Hundegebell zu hören war.

„Wuff! Wuff, Wuff", meldete Fido sich nun zu Wort und wedelte heftig mit seinem Schwanz, zog dabei allerdings erneut heftig an der Hundeleine, bis diese sich für ihn unangenehm straffte. Da gab er seine Absicht auf, den fremden Hund zu sehen, und hockte sich brav vor Klaus' Füßen auf die Fußmatte vor dessen Wohnungstür.

Ein Leckerli aus der Hand seines Herrchens verschwand so schnell in seinem Mäulchen, dass Klaus und Lissie lachen mussten.

„Gierpinsel", meinte Lissie gutmütig und strich über Fidos weiches Fell.

Dann wurde sie ernst: „Diese grässliche Sippe da oben", ereiferte sie sich und deutete mit ihrem Kopf zur Etage über ihnen. „Wenigstens nachts sollten die endlich Ruhe geben! Kannst du bei dem Lärm schlafen, Klaus? Ich nicht, nicht einmal mit Stöpseln in den Ohren", meinte sie. „Denen sollte man eine Kopie der Hausordnung in den Briefkasten stecken … ach was, besser gleich an die Wohnungstür kleben! In der Größe eines Plakates", sie untermalte diese Worte, indem sie mit ihren Händen einen großen, eckigen Umriss in die Luft malte.

„Oder den Vermieter schriftlich dazu auffordern, gegen diese Radaubrüder vorzugehen", schlug Klaus Müller vor und setzte nach: „Der bekommt genug Miete für diese … hm, diese Unterkünfte. Nicht, dass ich meine Wohnung nicht schätze, aber es gibt günstigere. Und modernere. Das verschnörkelte bunte Muster auf meinen Wohnzimmertapeten und die hässlichen giftgrünen Fliesen in meinem Bad waren zuletzt aktuell in meiner Jugend. Und das ist schon ein Weilchen her, haha."

„Das nennt man ‚Retro' heutzutage, Klaus", lachte Lissie. „Magst du das denn nicht? Vermittelt dir das denn nicht das Gefühl, wieder jung zu sein? Jung, dynamisch und erfolgl … häm, erfolgreich?" Rasch wich sie der Hand aus, mit der Klaus ihr einen liebevollen Klaps auf die Schulter geben wollte.

„Ätsch, zu langsam, Herr Kommissar", konnte sie es sich nicht verkneifen, ihren Nachbarn weiter ein wenig zu ärgern.

Sie grinsten einander an, denn solche Kabbeleien machten beiden Freude.

„Aber der Lärm, der ist …", setzte sie erneut an, verstummte jedoch gleich wieder.

Wie aufs Stichwort hörten sie nämlich, wie über ihnen eine Tür geöffnet wurde, und mussten gleich darauf einem Jungen ausweichen, der die Treppenstufen hinuntersprang, im Vorbeilaufen Klaus seine Zunge ausstreckte und den knurrenden Fido fast umrannte. Endlich war der Bengel unten angekommen und knallte so laut die Haustür hinter sich zu, dass Lissie unwillkürlich zur Wand sah, ob Putz davon herunterrieselte. Seit einem halben Jahr lagen oft Krümel im Treppenhaus; die nervtötende Familie über ihnen hatte die himmlische Ruhe, die zuvor geherrscht hatte, mit dem Tag ihres Einzugs verscheucht.

„Prolls", schimpfte sie genervt und zog einen Flunsch.

Wortlos nickte Klaus zustimmend. Als pensionierter Kriminalkommissar mochte er sich mit solchen abfälligen Äußerungen nicht zu weit aus dem Fenster lehnen. Doch tatsächlich war er ganz Lissies Meinung, dieser lästigen Sippe gehöre mal kräftig der Kopf gewaschen.

Der hilfsbereite Nachbar und Lissie hielten zusammen, wann immer es Streit in dem Mehrfamilienhaus gab. Verbündeten sich gemeinsam gegen die überaus laute Familie, die über ihnen wohnte und die gesamte Etage nicht nur häufig mit lauter Musik beschallte, sondern auch ihren schlecht erzogen acht- und neunjährigen Söhnen das Fußballspielen im Treppenhaus durchgehen ließen.

Resigniert zuckte Klaus jetzt mit den Achseln und erkundigte sich bei Lissie: „Hält deine Kommode eigentlich noch? Wenn erneut Bretter davon runterfallen, dann sag mir Bescheid. Ich befestige sie wieder."

„Zur Zeit nicht, aber einen Kaffee koche ich dir jederzeit gern, Klaus. Weißt' doch, einen, mit dem man Tote wieder ins Leben zurückholen kann, haha."

„Zehn Löffel Zucker dazu, dann trinke ich deine Plörre gern, mien Deern", gab Klaus lächelnd zurück. Lissies starker Kaffee war ihm bekannt, seit sie ihn während ihres Einzuges damit wach gehalten hatte. Damals noch berufstätig, hatte er sich dennoch die Zeit genommen, gemeinsam mit Lissie ihre schweren Möbel die Stufen hinaufzuschleppen und ihr mit seiner Bohrmaschine beim Anbringen einiger Regale behilflich zu sein.

Timo hatte sich geschickt aus der Affäre gezogen mit angeblichen ‚Sonderdiensten' für einen angeblich kranken Kollegen. „Wir sind eine sehr kleine Truppe, da springt eben jeder mal ein im Notfall", hatte er behauptet und Lissie im Stich gelassen.

Was ihn allerdings nicht daran gehindert hatte, in Wirklichkeit an seinem PC mit Aktienspielereien Lissies Konto um mehrere Tausend Euro zu erleichtern, während sie mit Hilfe von Klaus ihren Umzug wuppen musste.

„Den Zaster kriegste zurück, großes Ehrenwort", war Timos dürftiger Kommentar anschließend gewesen. „Ein finanzieller Reinfall", gleichgültig hatte er seine Schultern gehoben, „das kann passieren an der Börse. Reg dich doch nicht immer gleich auf, Liebes! Hast deine Wohnung hübsch eingerichtet", versuchte er sie zu besänftigen.

Ein ‚feiner Freund' bist du, Timo Wedward, hatte Lissie nur gedacht und zur Rache nicht ihn, sondern Klaus zum

Einzug zu Kaffee und Kuchen in ihre neue Wohnung eingeladen.

Lissie verwahrte für Notfälle Klaus' Zweitschlüssel und leerte seinen Postkasten, wenn er auswärts auf Reisen war (seine Freundin lebte weit entfernt, und ein Besuch bei ihr dauerte immer mehrere Tage). Außerdem fütterte sie dann seinen frechen Fido und führte ihn Gassi. Das muntere Tier war ein Hund, dessen lautes Kläffen den tobenden Gören aus dem Obergeschoss Konkurrenz machte. Und der beide Jungs auch schon mit seinen Zähnchen gezwickt hatte, als sie ihn geärgert hatten. Seitdem hatten sie Respekt vor dem Vierbeiner.

Lissie schätzte diesen älteren Herrn aus der benachbarten Wohnung und hoffte, er würde niemals etwas über ihre kriminellen Handlungen erfahren. Nicht nur in den Knast befördern könnte er sie, nein, vor allem schämen würde sie sich! In Grund und Boden schämen.

***

Auch am folgenden Tag regten sich beide wieder einmal gemeinsam über die Unverschämtheit der Familie aus dem Geschoss über ihnen auf, die sich kürzlich ebenfalls einen Hund – einen bulligen Köter, der nur selten einen Maulkorb trug – zugelegt hatte und damit sämtlichen Nachbarn, immerhin zehn Mietern, Angst einjagten.

„Ein Biss, und mit meinem Fido ist es vorbei", befürchtete Klaus und schüttelte verärgert seinen Kopf, als er und Lissie dem ungehobelten, mit einer speckigen Jeans und einem nach Schweiß müffelnden T-Shirt bekleideten

172

Mann hinterherblickten, der zusammen mit dem Tier das Haus verließ.

Lissie meinte: „Du hast doch gehört, was der Typ gesagt hat, Klaus: Der tut nichts, der will nur spielen. Was für ein dämlicher Kommentar, als dein Fido ängstlich gefiept hat." Sie schlenkerte mit dem Ende der Hundeleine, denn sie war mit Fido Gassi gegangen, da ihr Nachbar an diesem Tag später nach Hause gekommen war. Der Hund lag zu ihren Füßen und schaute sie vertrauensvoll an.

„Hattest du eigentlich in deinem Job als Kommissar häufig solche …, naja, solche Gestalten vor dir, Klaus?" Neugierig blickte Lissie ihrem Nachbarn in die Augen. Wachsame Augen, die sicherlich schon einiges gesehen haben, dachte sie.

„Hm, klar", bekannte Klaus Müller. „Natürlich bin ich auch auf unsympathische Leute getroffen. Die mich ehrlich gesagt manchmal am Guten im Menschen zweifeln ließen, Lissie." Kurz verstummte er und schien in der Betrachtung einer Fliege zu versinken, die panisch auf der Glasscheibe des Flurfensters auf und ab irrte.

Lissies Blicke folgten den seinen, und gemeinsam starrten sie sekundenlang das kleine geflügelte Wesen an. Fixierten es so eindringlich, als wollten sie es hypnotisieren.

Die Fliege rannte unbeeindruckt weiter hin und her auf ihrer vergeblichen Suche nach einem Weg ins Freie.

„Die könnte doch wegfliegen", flüsterte Lissie und machte: „Summ, summ, summ … ich bin dumm, haha."

„Ins Dunkel hinein? Nee, dann prallt sie mit ihrem Köpfchen im Flug gegen die Wand und hinterlässt einen

Fleck. Lassen wir sie doch weiterpilgern. Vielleicht ist das für sie der Jakobsweg, haha", widersprach Klaus und kicherte.

Lissie stimmte vergnügt in sein Kichern ein und meinte: „Sieh nur, nun bleibt sie stehen und reibt sich die Flügel. Als ob sie betet. Vielleicht gibt's einen Fliegengott, haha."

„Genau, einen Fliegengott", wiederholte Klaus, und er wischte sich einige Lachtränen von den Wangen. „Ach, Lissie, wie sind wir doch heute albern. Wenn die da oben", - er machte eine Kopfbewegung zum nächsthöheren Stockwerk, - „wenn die uns hören könnten, die würden uns nicht mehr für voll nehmen."

Schließlich wurde er wieder ernst und wandte sich Lissie zu. „Ich erzähle dir jetzt mal im Vertrauen etwas von früher", begann er. „Ich war damals gerade die Karriereleiter hinaufgestolpert und durfte mich stolz als Kriminalkommissar bezeichnen. Da gab es eine bis heute nicht aufgeklärte Serie vermisster Männer, drei insgesamt. Offenbar hatte eine junge Dame ältere, reiche Herren mit ihrer Schönheit um den Finger gewickelt und in den Hafen der Ehe gelotst. Wir wussten zwar, wie ihr echter Name lautete, aber für ihre Typen verwendete sie verschiedene erfundene Namen. Kurz nach der Hochzeit waren die Männer jeweils verschwunden und tauchten nie wieder auf. Nora strich schließlich das Erbe ein und tauchte ebenfalls unter. DIE musste wohl nicht mehr arbeiten", schloss Lissies Nachbar mit einem neidischen Unterton in seiner Stimme, ohne zu bemerken, dass er aus Versehen den Namen der gesuchten Verdächtigen ausgeplaudert hatte.

Lissie begann, sich noch mehr zu schämen bei seinen Worten und friemelte verlegen an der Hundeleine herum, bevor sie sie Klaus in die Hand drückte. „Fido ist ein ganz Braver", lobte sie das Tier. „Hat sich noch ein Leckerli verdient. Zwei hat er von mir schon bekommen. Auf ein drittes wartet er. Sieh doch, wie er dich anguckt!", machte sie ihn auf den wahrhaft ‚hündischen' Blick aus Fidos braunen Kulleraugen aufmerksam, die fast in dessen dichtem Fell verschwanden.

„Im Betteln ist er großer Meister", stimmte Klaus zu und zupfte eine Plastiktüte mit Leckerbissen für Fido aus seiner Hosentasche, zog eine Kleinigkeit heraus und fütterte den Hund damit. ‚Schnapp', machte Fido, und der Leckerbissen war weg. Klaus grinste amüsiert und verbarg die Tüte wieder in seiner Tasche.

„Danke fürs Gassigehen mit ihm, Lissie. Ich hätte sonst heute ein Zeitproblem gehabt." Klaus Müller machte eine kurze Pause. Eine Bitte hatte er dann noch an sie: „Würdest du mir die Freude machen und mich zu einer Hausbesichtigung begleiten? Zwei Augenpaare sehen mehr als eines, und du bist sind eine patente Frau, Lissie. Das Anwesen bewohnt der Witwer der Gräfin von Margenthal. Ist das nicht ein eleganter Name? Dessen Villa ist sicherlich interessant, ich bin wirklich gespannt darauf. Schließlich könnte das bald mein Altersruhesitz werden. Außerdem wird es mir hier allmählich zu turbulent", erklärte er Lissie, die bei dem Namen der Gräfin zusammengezuckt war.

Sie stimmte zu, obwohl seine Bitte ihr Magengrummeln verursachte. Die Gräfin von Margenthal, erinnerte Lissie sich. Die steckt in der Ritterrüstung in der Eingangshalle des Hauses. Und der Schlossherr ist mein Ex.

Na, wunderbar, dann freu dich schon auf eine angenehme Besichtigung, Lissie, sagte sie zu sich selbst.

***

Schon bald begrüßte Lissie an der Seite des Kommissars ihren Ex Timo als den Erben der verschollenen Gräfin. Der Besichtigungstermin konnte beginnen; Timos Gesichtszüge entgleisten für Sekunden, als er seine Exfreundin unversehens vor sich hatte. Dann fing er sich.

Fido hopste vergnügt um die Menschen herum und bellte. Verstummte kurz, als er von seinem Herrchen von der Leine gelassen wurde und mit Timos Einverständnis durch die Eingangshalle der Villa rennen durfte. Blieb schließlich vor einer alten Ritterrüstung stehen und begann zu kläffen. Schnüffelte an dem alten Blechding herum, hopste aufgeregt auf und ab und wollte sich nicht beruhigen lassen.

„Pscht! Ein Leckerli, Fido", versuchte der Kommissar das aufgeregt bellende Fellknäuel zu beschwichtigen.

Fido ließ sich jedoch nicht bestechen, schien die Rüstung anspringen zu wollen – was Klaus noch verhindern konnte -, und kläffte weiter, bis sein Stimmchen sich beinahe überschlug.

„Seltsam, so außer Rand und Band hab ich den Kleinen noch nie erlebt", rätselte Fidos Herrchen und legte dem Hund rasch die Leine wieder an, die er die ganze Zeit locker in seiner Hand gehalten hatte.

176

„Bei Fuß!" Er straffte die Leine, bis Fido endlich hechelnd neben ihm verharrte, seine braunen Hundeaugen unverwandt auf die Ritterrüstung gerichtet.

„Die beißt doch nicht", versuchte Lissie zu scherzen und dachte voller Panik: Die Teppichrolle mit den Überresten der Gräfin befindet sich direkt vor Fido! Der verdammte Köter mit seinem ausgezeichneten Geruchssinn wird mich – wird uns beide, Timo und mich -, verraten! Verstohlen warf sie ihrem Nachbarn einen ängstlichen Blick zu und drehte unbewusst an ihrem Ring.

Klaus Müller hob seinen wild strampelnden Hund hoch. „Was willst du mir sagen, Fido? Ist die Rüstung gefüllt mit leckeren Würstchen, hm?" Doch die scheinbar amüsierte Ansprache täuschte Lissie nicht darüber hinweg, dass ihr Nachbar neugierig wurde. Er warf der verdächtigen Rüstung kritische Blicke zu. Äußerst kritische Blicke. Endlich, als Lissie schon meinte, die Spannung nicht mehr ertragen zu können, wandte er sich ab.

„Ich möchte mir jetzt gern das Anwesen ansehen, dazu bin ich schließlich hier", forderte er Timo auf. „Und kümmern Sie sich nicht um Fido, er ist halt ein munteres Kerlchen."

Timo, der den Auftritt des Spitzes mit wachsender Nervosität verfolgt hatte, atmete hörbar erleichtert aus und bat seinen Kaufinteressenten, ihm zu folgen.

Lissie würdigte er keines Blickes mehr, nachdem er ihr flüchtig stumm in die Augen geschaut und dabei leicht seinen Kopf geschüttelt hatte, als wolle er sagen: „Was schleppst du hier an? Verzieht euch alle beide und nehmt das elende Viech mit, das reißt uns noch ins Verderben!"

Wortlos trabte Lissie hinter ihrem Ex, ihrem Nachbarn und dessen Hund her und betete, Klaus Müller würde dieser merkwürdigen Angelegenheit keine weitere Beachtung schenken.

Der Marienkäfer an ihrem Finger machte einen Kopfstand.

Kaum waren der Kommissar samt Lissie und Fido nach der Besichtigung endlich gegangen, suchte Timo sich die Rufnummer der Verwaltung eines Schlosses heraus. Eine Touristenattraktion, nicht weit entfernt von der Villa und immer dankbar für neue Exponate, wie er wusste.

Schon bald stand die Gräfin von Margenthal, verborgen in der Ritterrüstung, in dem Schlossgebäude. Neugierig begafft von Schulklassen, Rentnern, verliebten Pärchen und einem Schlossherrn, der sich über die gut erhaltene Rüstung freute. Ein Schnäppchen, dachte er und ließ seine Finger behutsam über die glatte Oberfläche gleiten.

Sie alle hatten vom Inhalt der Rüstung keine Ahnung.

***

„Der Blechmaxe? Den hab ich verkauft", beschied Timo wenige Tage später dem ehemaligen Kommissar, als der erneut bei ihm auftauchte und angeblich mit einem Zollstock die Räume ausmessen wollte.

Dabei erkundigte Klaus sich neugierig nach der Ritterrüstung, als er vor dem Platz in der Halle stoppte, auf dem nur noch eine leichte Verfärbung erkennbar war.

„Die hat meinem Fido so imponiert, wo ist sie denn geblieben? Sehr originell, machte sich doch gut hier. Hätte mir auch gefallen." Er streckte einen seiner Arme aus und machte eine weit ausholende Geste, die wohl die gesamte Eingangshalle umfassen sollte.

Der Spitz wedelte mit seinem buschigen Schwanz, und der Kommissar steckte sich ein Pfeife an und verbreitete eine duftende Tabakwolke um sich herum. Beide sahen Timo aufmerksam an und warteten.

„Der Käufer war an dem leeren Blechgehäuse nicht interessiert, er wollte es verschrotten. Bringt Geld", erklärte Timo seinem ungebetenen Besucher. „Und, so wie der Typ aussah, macht er Geschäfte mit Schrott. Ist eben nicht jedermanns Sache, sich ein solches Blechmonstrum irgendwo hinzustellen."

„Aha", meinte der Kommissar nur trocken, zog an Fidos Leine und verabschiedete sich. Den mitgebrachten Zollstock ließ er achtlos auf einem Tisch liegen.

Der hätte sowieso nichts ausgemessen, dachte Timo verdrossen. Wollte mich nur aushorchen.

Aber da es nun ein Jahr her ist, dass die Gräfin zum Paddeln aufgebrochen und nicht mehr zurückgekehrt ist, kann ich sie endlich als Witwer beerben, dachte er zufrieden und sah in Gedanken bereits die Zahlen auf dem Computerbildschirm vor sich, die einen fetten Zuwachs auf dem Konto verkündeten. NUR für mich. Lissie, diese verlogene Nuss, wird nichts abbekommen, freute er sich.

Die Gräfin? Soll sie im Schloss als Gespenst spuken. Ein Schild vor der Rüstung mit dem Text ‚Hier sehen Sie die Unterkunft einer echten Gräfin' wäre mal eine Attraktion in dem verstaubten Schloss, dachte er.

*B*ald hat Timo meine Oma weichgekocht, befürchtete Lissie einige Wochen darauf. So weichgekocht, dass sie seinem Heiratsantrag zustimmen wird. Ist nur noch eine Frage der Zeit, bis sie im Hochzeitskleid neben ihm steht und ‚Ja' haucht.

Und tatsächlich war es schon zwei Monate später soweit. Timo hatte es geschafft. Die Gräfin käme unter die Haube.

Elvira erzählte Lissie davon, als diese gerade damit beschäftigt war, das hochwertige Silberbesteck, das sie fertig geputzt hatte, wieder in den Besteckkasten hineinzulegen. Milimetergenau dort einzuordnen. Die Gräfin, die Lissies übertriebenen Ordnungsfimmel inzwischen kannte, legte ihre Hand beruhigend auf Lissies. „Lass gut sein, Kind, es liegt alles wunderbar dort ..." Lissie konnte den etwas besorgten Tonfall in der Stimme ihrer Großmutter vernehmen, und als sie aufblickte, sah sie Elviras Augen mitleidig auf sich gerichtet.

„Mit deiner übertriebenen Genauigkeit willst du dein inneres Chaos bekämpfen. Stimmt's?"

Lissie nickte betreten und spürte, wie sie rot anlief. „Bitte zeig mir doch mal dein Brautkleid, Oma", versuchte sie Elvira abzulenken. „Ich bin neugierig darauf, wie es dir steht."

Das cremeweiße, bauschige Kleid stand Elvira von Narda ausgezeichnet. Ein Diadem krönte ihre Haarpracht –

ihre falsche Haarpracht, denn, wie die Gräfin burschikos zu Lissie gemeint hatte: „Auf meiner Glatze würde es nicht sehr vorteilhaft aussehen."

„Ein Traum. In einem solchen eleganten Fetz …, ähm, Kleid würde ich auch gern eines Tages dem Mann, den ich liebe, mein Jawort geben", bekannte Lissie und strich ehrfürchtig mit ihren Fingerspitzen über einen der Ärmel des Kleides. „Nur leider hat sich der Richtige für mich noch nicht angefunden", seufzte sie dann leise.

„Wird schon werden, der existiert bereits und ist hoffentlich bereits dem Krabbelalter entwachsen", versuchte die Gräfin ihre Enkeltochter aufzumuntern. „Was glaubst du denn, woher ich dieses Kleid habe? Von einem teuren Schneider vielleicht, der an meinem Luxuskörper Maß genommen hat? Nein, kleine Paula, das hing immer noch in meinem Schrank. Hing dort, seit ich damals meinen Werner geheiratet habe. Was für eine pompöse Angelegenheit das gewesen ist, du glaubst es kaum, haha." Die Gräfin schien vor ihrem inneren Auge wieder ihre einst geschlossene Hochzeit vor sich zu sehen, schien sich an das mit prächtigen Blumen geschmückte Kirchenschiff zu erinnern, durch das sie gemessenen Schrittes gegangen war, an die Gesichter der Gäste und an die salbungsvolle Ansprache des Priesters. Schien für Augenblicke vollkommen in ihrer Vergangenheit zu versinken und die Wärme des Mannes, dem sie versprochen wurde, wieder zu spüren. Dann kehrte sie offenbar in die Gegenwart zurück und räusperte sich.

„Wo ist denn …" Sie suchte in ihrer schmalen Handtasche nach etwas. „Hier." Sie hielt ein

Hustenbonbon zwischen ihren Fingern, wickelte es bedächtig aus, steckte es sich in den Mund und lutschte daran. „Auch eines?“, fragte sie Lissie.

Die verneinte, beugte sich kurz zum Saum des Brautkleides hinunter und glättete eine Falte, die sich dort in dem feinen Stoff befand. „Ist besser so“, murmelte sie dann zufrieden und kam wieder hoch.

„Meinen Auftritt in der Kirche, damals mit einer langen Schleppe, die an diesem Kleid befestigt worden war und wie ein langer Feudel an meinem Hintern hing, ja, den hab ich nicht vergessen.“ Elvira, die verfolgt hatte, wie Lissie den Stoff glättete, schnippte nun mit ihrem runzligen Zeigefinger gegen die Corsage, die ihre Oberweite zusammenhielt. „Ach Paula, ich hatte die ganze Zeit Angst, damit hinter mir etwas fortzuwischen. Irgendwo dranzukommen und mit lautem Poltern eines der Blumengestecke zu Boden zu wischen, haha. Zumindest der Fußboden der Kirche dürfte so sauber wie schon lange nicht mehr gewesen sein damals.“ Die Lachfältchen um ihre Augen vertieften sich, als sie vergnügt kicherte bei der Erinnerung an jenen Tag.

„Die Schleppe lasse ich aber diesmal besser weg“, meinte sie dann entschieden. „Nochmal spiele ich nicht die Putzfrau für den Pfaffen, haha.“

✳✳✳

Natürlich war Lissie anwesend bei der Hochzeit ihrer Oma. Natürlich wünschte sie ihr und – mit verbissener Miene - auch dem Bräutigam Timo alias Michel alles

Glück der Welt. Natürlich futterte sie sich danach durchs kalte Buffet und genoss ein Stück der leckeren Torte.

„Vergiss nicht deine Aufgabe", raunte Timo ihr zu, als sie vor ihm stand und ihm die Hand schüttelte, um ihm zur Hochzeit zu gratulieren.

„Autsch!", entfuhr es ihr leise. Sie presste ihre Lippen zusammen, um nicht aufzuschreien, denn er quetschte ihre Finger fest zwischen seinen zusammen. Hielt sie ebenso gnadenlos umklammert, wie er sie garantiert auch skrupellos bedrohen würde, sollte sie seiner Forderung nicht nachkommen.

Lissie wusste es. Sie kannte ihn. Und lernte immer mehr verborgene finstere Seiten an ihm kennen. Wie sollte sie Elvira nur vor Timos Hinterhältigkeit, Skrupellosigkeit und seinen tödlichen Absichten bewahren können? Wie sollte sie SICH SELBST vor Timos Rache schützen?

Schon eine Woche nach der Eheschließung, als ihre Oma noch selig in dem nun von ihr und ihrem Gemahl gemeinsam genutzten Doppelbett schlummerte, bekam Lissie einen Vorgeschmack auf Timos fiese Einfälle. Die Morgensonne malte durch mehrere kleine Fensterchen ein hübsches Muster auf die Bodenfliesen der Eingangshalle, in der Lissie stand und die Blumen goss, die ihre Oma so liebte. Ein Gesteck hübscher als das andere, war es schon lange zu ihrer Angelegenheit geworden, sich darum zu kümmern. Zunächst hatte sie es aus Gefälligkeit dieser sanftmütig erscheinenden, hutzeligen Greisin gegenüber gemacht, dann, nachdem sich die Gräfin als ihre leibliche Großmutter entpuppt hatte, war es ihr zur Gewohnheit geworden, dem Grünzeug ihre Aufmerksamkeit zu schenken, wann immer sie in der Villa zu Gast war. Und ihre Oma freute sich über die liebevolle Pflege, die ihre Enkeltochter den Pflanzen angedeihen ließ.

Langsam ließ Lissie das Wasser in die Blumentöpfe rinnen, wo es in der Erde allmählich versickerte. Gelassen wischte sie mit einem weichen, angefeuchteten Tuch sanft über die glänzenden grünen Blätter. So entspannt wie bei dieser Tätigkeit fühlte sie sich nur noch selten, denn Timos Anwesenheit machte sie zunehmend nervöser. Immer häufiger hatte sie Angst, er würde die Vergiftung ihre Oma selbst in die Hände nehmen, sollte sie es immer noch ablehnen, ihm zu helfen.

„Du weigerst dich ja standhaft, mir zu helfen", hatte er sie gerade am Vortag angeschnauzt, als er Lissie zufällig in der Küche der Villa begegnet war. Hatte sich drohend vor ihr aufgebaut und sie mit eiskalten Blicken angestarrt. Und hatte den kleinen Kühlschrankmagneten, der einen Marienkäfer darstellte, zu Boden gefegt. Er war unter die Eckbank geraten, auf der die Gräfin und ihr Ehemann immer gemeinsam saßen, wenn sie ihre Mahlzeiten zu sich nahmen.

Mit gerunzelter Stirn hatte Lissie zu dem Geschenk ihrer Oma geblickt und gedacht: Da muss ich wohl unter die Bank kriechen, das liegt bestimmt direkt an der Wand.

Scheißkerl!, war es ihr im nächsten Moment durch den Kopf gegangen, und sie hatte Timo mit einem grimmigen Gesichtsausdruck bedacht.

„Ich krieg doch sowieso nix mehr von dem Geldsegen ab", hatte sie dann zu ihrem Ex gesagt und war dafür von ihm so brutal nach hinten gepresst worden, dass ihr anschließend der Hinterkopf wehgetan hatte, mit dem sie unsanft an die Wand geknallt war.

Die Beule konnte sie jetzt unter ihrem Haar zwar nicht erkennen, aber sie schmerzte noch bei jeder Berührung.

Sie hörte Timo nicht näherkommen, bemerkte auch nicht, wie sich seine Gestalt schlangengleich hinter ihr bewegte. Bis er plötzlich neben ihr stand; sein Arm legte sich locker um ihre Schulter und ließ sie erschrocken zusammenfahren. Die Kanne entglitt ihr und landete auf dem Boden, wo das restliche Wasser auf die Fliesen tropfte und dort eine Pfütze bildete.

„Lass mich zufrieden, du … Killer!" Lissie versuchte seinen Arm abzuschütteln.

Keine Chance; Timo zog sie fester an sich. „Wenn du dich endlich an unsere Abmachung hältst, gern."

„Mistkerl!", Lissie rotzte ihm ins Gesicht und wehrte sich stärker gegen seine Umarmung.

„Da! Für deine Weigerung." Timo ließ sie los. Der anschließende Hieb mit seiner flachen Hand ließ ihre rechte Wange feuerrot werden. „Und dafür, dass du mir ins Gesicht spuckst." Nun lief auch Lissies linke Wange rot an, und einer ihrer Zähne begann, unangenehm weh zu tun.

Lissie starrte Timo an und verharrte regungslos vor ihm. Sah erneut seine Hand auf sich zukommen und wollte sich ducken. Schaffte es aber nicht mehr rechtzeitig.

„Und der ist für deine Unzuverlässigkeit." Der nächste Hieb traf wieder Lissies rechte Wange.

„Reicht es noch nicht, du dämliche Trine?", erkundigte

sich Timo dann und hob erneut seine Hand. „Nochmal auf die linke Wange? Immer abwechselnd? Oder was wünscht du dir? Soll ich dich grün und blau schlagen?"

„Ich werde meiner Oma NICHTS antun", sagte Lissie trotzig zu ihm und machte sich auf weitere Hiebe gefasst. Sah ihm starr in die Augen, richtete sich zu ihrer vollen Körpergröße auf und straffte ihre Schultern.

Ihre Reaktion schien ihn zu verunsichern; er ließ beide Hände an seinen Seiten nach unten hängen. Fixierte die wunderschönen gelben Tulpen in dem Gesteck, das neben ihm stand, verpasste einer der Blumen sichtlich genervt einen Schlag mit seiner Hand und köpfte sie; dann hatte er sich wieder einigermaßen unter Kontrolle.

„Verrate mir wenigstens, wo du das Zeug versteckt hast", forderte er und zertrat das Köpfchen der Tulpe mit seinem Schuh, bis es völlig zermatscht war.

„N … Nein", presste sie hervor. Sie wusste, mit ‚dem Zeug' meinte Timo das Gefäß mit dem tödlichen Gift, mit dem sie einige seiner Angetrauten umgebracht hatte. Nun wollte er offenbar tatsächlich selbst Hand anlegen. Und gegen Gift im Getränk hätte auch ihre wehrhafte Oma keine Chance. Ich solch ihm das Versteck verraten? NEIN. Bei diesem Gedanken schüttelte sie energisch ihren Kopf.

„Meine Güte, was für eine armselige, blöde Hure du doch bist", spie er angewidert aus, ergriff Lissie an beiden Schultern und schüttelte sie so heftig, dass ihr Kopf wie eine wehrlose Kugel hin und her schoss. Ihre Brille flog bei ihren wilden Bewegungen von ihrer Nase und landete neben den Überresten der zertretenen Tulpenblüte. Dann ließ er Lissie unvermittelt los.

Sie fasste zunächst unwillkürlich nach seinem Arm, um nicht auch zu Boden zu fallen, und ließ ihn ebenso abrupt wieder los, als ihr bewusst wurde, dass sie ausgerechnet von ihrem Peiniger Hilfe erhoffte.

Timo trat einen Schritt von ihr zurück und zertrampelte Lissies Sehhilfe, bis das Brillengestell völlig verbogen war und beide Gläser hinausfielen. Sein Gesicht zeigte einen diabolischen Ausdruck und verzerrte sich zu einer so grausamen Fratze, wie Lissie sie noch niemals an ihm gesehen hatte. Er trat zu wie besessen, immer wieder, unaufhörlich, wahnhaft und hasserfüllt, bis Lissie meinte, das Brillengestell müsse gleich zu Staub zermalmt sein.

„Hör auf", wisperte sie kraftlos und beobachtete, wie seine Bewegungen allmählich schwächer wurden. Ein letzter Tritt, mit dem beide Brillengläser gleichzeitig durch die Luft flogen und in dem Matschhaufen auf dem Fußboden landeten, der einmal ein hübsches, gelbes Tulpenköpfchen gewesen war. Dann hielt Timo endlich inne, sichtlich erschöpft, und atmete tief aus.

„Nun kannst du wirklich nicht mehr klar sehen, haha. Hattest sowieso noch nie den Durchblick", ätzte er dann und grinste Lissie höhnisch an.

Sie dachte an die Ersatzbrille, die sie glücklicherweise besaß. Die hatte zwar ein unmodisches Gestell, aber in der Not … Bevor sie gar nix sehen konnte … Besser als nichts wäre es jedenfalls.

An die kommt dieser elende Kerl nicht heran, überlegte sie jetzt. Ich selbst aber leider auch nicht. Die Schublade des Nachtschränkchens neben meinem Bett ist nur wenige Kilometer von hier entfernt und doch so unerreichbar für mich wie der Mond. Warum habe ich mir eigentlich nicht schon längst Kontaktlinsen besorgt? Obwohl, auch die wären wohl auf dem Fußboden gelandet und nicht mehr zu finden für jemanden wie mich, der blind wie ein Maulwurf durchs Leben geht. Blind in jeder Hinsicht ...

Was wird Timo mir antun?, fragte sie sich beklommen. Fehlende Kontaktlinsen sind im Moment wohl mein kleinstes Problem, haha. Ängstlich warf sie ihm kurz einen Blick zu. Was geht in seinem Kopf vor sich?

Timo starrte noch immer Lissies verbogenes Brillengestell an, als wolle er sich davon inspirieren lassen, wie er nun weiter vorgehen könnte.

Plötzlich fuhr er sich mit beiden Händen durch das bei seinem wilden Tobsuchtsanfall zerstrubbelte Haar auf seinem Kopf, glättete einige der Strähnen und grinste Lissie verschlagen an. „Hab 'ne Idee", meinte er nur.

Bevor Lissie sich besinnen konnte, überwältigte Timo sie plötzlich, ohne dass sie seinem Angriff ausweichen konnte. Er stieß sie nach hinten, fing sie sofort auf und zwang ihre Arme vor ihren Bauch. Hielt ihre Handgelenke dann mit einer Hand fest und zog mit der anderen ein Tau aus seiner Hosentasche hervor – hat er das schon für diese Gelegenheit bei sich gehabt?, fragte sich Lissie.

Timo schlang das Tau um ihre Handgelenke und zog die Schlinge so fest zusammen, dass die zarte Haut dort heftig schmerzte; Lissie stöhnte. Die andere Hälfte des Taues, noch ungefähr einen Meter lang, ergriff Timo. Er beugte sich zu Lissie, näherte seinen Mund ihrem Kopf und brüllte ihr plötzlich ins rechte Ohr: „Los geht's, LIEBSTE!"

Spätestens jetzt hätte Lissie um Hilfe rufen müssen, aber das schmuddelige Taschentuch, das Timo ihr nun eilig in den Mund stopfte, hinderte sie daran. Außerdem konnte sie ohne ihre Brille alles nur noch verschwommen wahrnehmen und fühlte sich noch wehrloser.

Und schon war es zu spät, sie war Timos Gefangene. Wurde unsanft von ihm, wie ein Hund an einer Leine, von ihm durch die gesamte Halle geführt und durch eine schmale Tür in einen Raumes hineingestoßen, in dem sich Putzutensilien befanden. Wurde dort mit dem langen Tauende an ein dickes Rohr gebunden; wurde so eng daran befestigt, dass sie kaum Bewegungsfreiheit hatte. Bekam anschließend von Timo einen schmerzhaften Boxhieb in ihren Magen und sackte benommen in sich zusammen.

„Täglich eine Tasse Wasser und ein Stück verschimmeltes Brot sollten dich endlich zur Besinnung bringen, LIEBSTE", zischte er. „Hier, zwei Wischlappen, da kannste draufpinkeln. Bis bald."

Weg war er. Nachdem er die Tür hinter sich zugezogen hatte, hockte Lissie auf ihren Knien an das Rohr gelehnt im Dunkeln in dem Kabuff und hatte Mühe, ihre Tränen zurückzuhalten. Vergebens, sie liefen ungehindert über ihre Wangen, tropften auf ihre Klamotten und ließen eine Pfütze auf dem Betonfußboden entstehen. Zudem verstopfte der Schnodder so sehr ihre Nase, dass sie bald nur noch durch den geöffneten Mund atmen konnte. Ihr Atmen wurde hektischer, und ihre Augen zeigten einen panischen Ausdruck. Vergeblich zerrte Lissie an dem Tau, mit dem ihre Handgelenke umschlungen worden waren; jede ihrer verzweifelten Bewegungen führten jedoch dazu, dass es sich noch strammer zuzog. Ihre Hände waren inzwischen gefühllos und eiskalt.

Meine Füße scheinen auch schon abgestorben zu sein, dachte Lissie und wackelte mit ihren Zehen. Vergeblich, sie wurden nicht warm, sondern hingen wie zwei leblose Eisklötze an ihr.

Dazu dieser verflixte Harndrang! Hätte ich bloß keinen Kaffee getrunken vorhin, wünschte sie sich. Noch ist es nicht dringend, aber bald … Meine Klamotten runterziehen geht nicht, mich hinhocken geht nicht. Dann werde ich mir wohl in die Unterhose pinkeln müssen, erkannte sie. Wie grässlich. Und wenn ich erst mein großes Geschäft machen muss – oh nein!

Sie schauderte bei der Vorstellung, irgendwann gefunden zu werden. Hilflos in ihrem eigenen Urin liegend, mit ihrem Kot beschmutzt, ekelhaft stinkend.

Hätte ich mir doch wenigstens meine Haare gewaschen, dachte sie, aber nein, ich war noch zu müde und habe es auf heute abend verschoben. Ich werde ein erbärmliches Bild abgeben, befürchtete sie.

Ist das wichtig?, ging es gleich darauf durch den Kopf. Ich kann doch froh sein, wenn ich das hier überlebe. Welche Rolle spielen dann noch fettige Haare?

Der Marienkäfer an ihrem Finger würde den längsten Kopfstand seines bisherigen Daseins ertragen müssen, denn Lissie konnte die Finger ihrer zusammengebunden Hände noch bewegen, obwohl sie es nicht schaffte, sich von der Fessel zu befreien.

Manisch drehte sie am Ring herum, bis durch die unentwegte Reibung auch diese Hautstelle wehtat.

***

„Hast du meine Paula irgendwo gesehen, Liebster?“ Die Gräfin kraulte die Haare auf Timos Brust, und er schnurrte behaglich wie ein Kätzchen. „Sie ist mir den gesamten Tag hindurch noch nicht begegnet.“

„Deine Paula? Nein, die will ihre Freundin im Nachbarort besuchen, das zumindest hat sie mir heute morgen erzählt. Die hatte sie wohl gestern abend am Telefon wegen Liebeskummer vollgeheult, und, mitfühlend wie Frauen eben sind, meinte Paula offenbar, sich um die Heulsuse kümmern zu müssen. Rauschte vorhin mit einem prallen Rucksack auf dem Rücken an mir vorbei mit den Worten ,Nicht, dass die arme Suse sich was antut, ich würde mir ewig Vorwürfe machen‘. Paula wird wohl dort die Seelentrösterin geben, entweder bis diese Suse sich gefangen hat oder bis deren entlaufender Stecher – ich meine … ähm, ihr untreuer Freund, zu ihr zurückgekehrt ist und wieder Friede, Freude, Eierkuchen herrschen.“

„Wie gehässig du sein kannst, Liebster“, kam es hörbar schockiert von der Gräfin, und sie nahm ihre Hand von seiner Brust. „Seltsam, von einer Freundin namens Suse hat sie mir nie etwas erzählt, dabei kenne ich die Namen mehrerer Menschen, die ihr etwas bedeuten.“ Elvira blickte Timo fragend an, und in ihren Augen standen Zweifel an seinen Behauptungen. Deutliche Zweifel.

„Ich hab Hunger“, versuchte Timo, sie abzulenken, und sprang von dem Sofa, auf dem er gerade eine angenehme

Stunde mit seiner Frau verbracht hatte. Alt, aber erfahren in vielen Dingen. Von der kann ich noch was lernen, hatte er dabei über Elvira gedacht.

Er warf einen Blick auf die auffallende Uhr an seinem Handgelenk. Eine sehr teures Exemplar; ein Geschenk der Gräfin. „Zeit für das Abendessen."

Und Zeit dafür, mal in der Besenkammer nach Lissie zu schauen, dachte Timo. Er schnappte sich verstohlen den letzten Schokoladenkeks aus der Keksschale, die vor ihm stand. Vielleicht bringe ich Lissie damit zur Vernunft, so verrückt, wie die nach Süßigkeiten ist, sagte er sich. Sonst gibt's für sie erst morgen Wasser und Brot, wie angekündigt.

Nein, sie will noch immer nicht, dachte er kurz darauf enttäuscht, nachdem er die Tür des Kabuffs erneut von außen geschlossen hatte, um Lissie nun auch für den Rest des Tages sich selbst zu überlassen. Wie kläglich sie aussieht. Bald ist sie reif dafür, mir zu gehorchen.

Hat sogar versucht, zu schreien, kaum dass ich ihr den Fetzen Stoff aus dem Mund entfernt hatte, um sie zu füttern. Wie dumm ihr Verhalten war, hab ich ihr daraufhin mit einem Schlag ins Gesicht hoffentlich deutlich zu verstehen gegeben. Dazu meine Drohung, nach ihrer nächsten Unverschämtheit zur Strafe an dem von ihr selbst vollgepissten Feudel saugen zu müssen, nee, auch das wird ihr nicht gefallen haben. Wäre ja wirklich ekelhaft.

Nun ja, ihr Verhalten hat mir nicht gepasst. Störrische Ziege. Nun kann sie noch ein wenig dort schmoren, bis sie endlich zur Vernunft kommt.

Das leise Geräusch ließ die Gräfin aufmerksam werden, als sie am späten Abend noch die übliche Prüfrunde durch ihre Villa drehte. Waren alle Türen verriegelt, sämtliche Fenster geschlossen?

Da war es wieder. Sie blieb neben dem Tischchen stehen, auf dem sich tagsüber die Post ansammelte, wenn sie welche bekam.

Hört sich an wie das Klagen eines eingesperrten Kätzchens, dachte sie. Kommt das von draußen? Nein, dazu ist es zu deutlich vernehmbar. Elvira verharrte und lauschte angespannt. Ein leises Poltern, als ob jemand gegen eine Tür träte. Elvira näherte sich der Tür zur Besenkammer. Sie konnte das Wimmern nun deutlicher vernehmen.

„Paula … Bist du da drin?"

„Hm … Hm …" Erneutes Poltern hinter der Tür.

Die Gräfin riss energisch die Tür auf und schnappte nach Luft bei dem Anblick, der sich ihr bot.

Die elend wirkende junge Frau zu ihren Füßen, die in einer stinkenden Urinlache kauerte und vernehmlich schniefte, ließ Elvira umgehend tätig werden.

Zunächst befreite sie ihre Enkeltochter von dem Tau. „Steh auf", forderte sie und half dem zitternden Bündel Mensch zu ihren Füßen hoch.

Kaum hatte Lissie es geschafft, sich hinzustellen, da knickten ihr die Beine weg, und sie sank in die Arme ihrer Großmutter. Durch den Aufprall fielen beide Frauen engumschlungen gegen die Wand. Elvira blieb einige Sekunden lang stehen und hielt Lissie fest, denn sie spürte, ihre geschwächte Enkeltochter würde sonst sofort zu Boden sinken.

„Halt dich an mir fest, Liebes." Langsam ging die Gräfin nun rückwärts aus dem Kabuff heraus, während sie dabei jede Bewegung Lissies im Auge behielt. Als diese strauchelte, packte sie die zitternde junge Frau mit beiden Händen von hinten an deren Oberarmen und schob sie vorsichtig vor sich her.

„Noch einen Schritt … Noch einen … gleich sind wir da", spornte sie Lissie an.

Quer durch die geräumige Halle ging es, vorbei am Wohnzimmer, dessen Tür offen stand und in dem sich Elviras Gemahl mit dem Rücken zu ihnen vor dem Fernseher herumdrückte. Timo, der gerade eine Bierflasche leerte, hatte den Ton des Gerätes so laut eingestellt, dass er nichts von dem mitbekam, was sich hinter ihm abspielte.

Entlang am Schlafzimmer der beiden Eheleute schlichen die beiden Frauen. Weiter zum Gästezimmer am Ende des Ganges und dort bis zu dem sorgfältig bezogenen Bett.

„Ich kann doch nicht … ich stinke, Oma", weigerte sich Lissie, sich auf die frisch duftende Bettwäsche zu legen. „Das geht nicht, ich …"

„Klappe halten! Zieh dich aus, Paula. Zunächst duscht du, dann unterhalten wir uns kurz miteinander, danach rein mit dir ins Bett."

Elvira half Lissie, sich aus ihrer zerknautschten Kleidung zu schälen und reichte ihr anschließend ein Glas mit frischem Wasser, das Lissie wie eine Verdurstende hinunterstürzte; sie gab das leere Glas anschließend ihrer Oma zurück.

Starrend vor Schmutz stand Lissie nun vor ihrer Großmutter und versuchte hektisch, ihren nackten Körper notdürftig mit der Tagesdecke, die Elvira halb zusammengefaltet auf das Fußende des Bettes gelegt hatte, zu verhüllen. Sie glitt ihr aus den Händen.

„Nun mach kein Drama daraus! Ich hab schon mehr nackte Leiber von geschundenen Frauen und Männern gesehen, als du glaubst. Meinst du, ich laufe vor dir davon und halte mir vor Abscheu über deinen Zustand die Nase zu? Glaubst du das wirklich?", raunzte die Gräfin Lissie an, und ihre Stimme wurde immer lauter.

Lissie hörte ihr stumm zu.

„Schätzt du mich als einen armseligen Jammerlappen ein?" Elviras empörte Blicke schienen sie durchbohren zu wollen. „Deine Großmama mag zwar eine betagte Frau sein, aber eine jammernde Alte ist sie deshalb nicht. Noch lange nicht", setzte Elvira mit kräftiger Stimme nach.

Eingeschüchtert nickte Lissie nur und presste verlegen ihre Lippen zusammen. Ich habe diese Frau tatsächlich unterschätzt, dachte sie. Die ist mir weit überlegen. Und mit einem Mal machte es ihr schon weniger aus, splitterfasernackt, beschmiert mit Kot und Urin und bedeckt mit Spinnweben, die sich in ihrem Gefängnis in ihrem Haar verfangen hatten, vor der Gräfin zu stehen.

„Ich hab noch mehr Durst", flüsterte sie.

„Dagegen kann man etwas tun. Zur Küche", kommandierte Elvira, schenkte Lissie dort ein weiteres

Glas Wasser ein, das diese ebenso gierig trank ... Und noch zwei weitere waren nötig, um ihren Durst zu löschen, dann begleitete Elvira sie zum angrenzenden Bad.

„Ich saufe wie ein Kamel", meinte Lissie mit schiefem Lächeln. „Die schlagen sich auch ihren Bauch voll, wenn sie in der Wüste mal über ein Wasserloch stolpern, haha."

„Du bist tatsächlich ein Kamel, so wie du dich offenbar hast übertölpeln lassen", meinte die Gräfin.

Lissie nickte betreten, sagte aber nichts.

„Ich besorge dir saubere Wäsche", meinte die Gräfin nun und ging nicht näher auf Lissies ungeschicktes Verhalten ein, das ihr einen unfreiwilligen Aufenthalt im Putzmittelraum beschert hatte.

„Ich weiß doch, was dir passt. Keine Sorge, du musst keine Altweiber-Schlüpfer anziehen", amüsierte sie sich angesichts Lissies skeptischer Miene. „Und ein Kleid in deiner Größe wird sich auch noch finden lassen. Worauf wartest du? Dort ist die Dusche, Mädel, spül dir den Dreck ab. Spül dir ALLES ab, möglichst auch die scheußlichen Erinnerungen. Danach geht's dir besser, du wirst schon sehen." Sie deutete auf die Badewanne, die zugleich als Dusche benutzt werden konnte, und zog den bunten Duschvorhang bis auf einen Spalt zu.

„Reinspringen, Duschen, frische Sachen anziehen, in mein Ankleidezimmer kommen", befahl die Gräfin und ließ Lissie allein.

Gleich darauf stiegen Dampfschwaden im Bad auf, und Lissie seifte sich ausgiebig ein. Schrubbte sich und genoss den Duft nach Lavendel, der sich ausbreitete.

***

„Das wird ein Nachspiel haben", flüsterte die erboste Gräfin. „Wenn ich den erwische, der meiner geliebten Paula das angetan hat, dann ..." Sie verstummte.

Doch ihre Blicke zur Badezimmertür sprachen Bände. „Hoffentlich bist du nicht zu feigen, mir den Namen des Übeltäters zu nennen, liebe Paula", murmelte sie. „Ich ahne, wer es ist." Gedankenverloren starrte sie den Ehering an, den ihr Gemahl ihr bei der Trauung über ihren Finger gestreift hatte. Michel?, dachte sie und hatte das Gefühl, Wogen schlügen über ihr zusammen und drohten, sie zu ersticken. Wogen, bestehend aus Wut. Doch sie spürte auch, dass sie nicht besonders überrascht über diese Erkenntnis war.

Für ihre Enkeltochter würde sie alles tun. Würde um Paulas Wohlergehen kämpfen gegen jeden, der ihr Böses antun wollte. Sogar gegen den Mann, dessen Ehering sie am Finger trug. Mit ihm, der sich mit launigen Sprüchen und sanften Streicheleinheiten den Weg in ihr Herz gebahnt hatte, wäre sie fertig, sollte sich ihr Verdacht bestätigen.

Dass sich hinter der charmanten Fassade Michels in Wahrheit ein berechnender, verlogener Mensch verbarg, hatte Elvira gleich erkannt. War dennoch auf sein Werben eingegangen und hatte sich gedacht: Was schadet es, mir von einem Jüngelchen das Bett anwärmen zu lassen und mich zu amüsieren? Versucht er, mich loszuwerden, um mich zu beerben, gefährdet er SEIN Leben.

Für mich ist das nur ein Spiel, dachte sie.

Und von dem Moment an konnte ich nicht mehr zurück", erzählte Lissie ihrer Oma, nachdem sie ihr gestanden hatte, wie sie und Timo zu Geld gekommen waren. Und dass sie, Lissie, ihrer geliebten Großmama niemals etwas antun würde. „Damals, der erste Mord, das war für mich, als hätte ich eine Hürde überwunden. Als seien sämtliche Hemmungen gefallen. Ich war zur Mörderin geworden und würde auch in Zukunft alte Weiber – entschuldige, betagte Damen um die Ecke bringen für meinen Timo. MEIN TIMO, DEIN MICHEL", sie spuckte diese Namen regelrecht aus und presste dann ihre Lippen zu einem schmalen Strich zusammen. „Ein Mistkäfer ist er, nichts weiter."

„Weiß ich doch schon lange", bestätigte Elvira Lissies harsche Beurteilung ihres Gatten. „Mein Gefühl hat mich also nicht getrogen. Auf meine Menschenkenntnis kann ich mich verlassen. Auch was dich betrifft, Paula, beziehungsweise Lissie. Du hast einen guten Kern."

„Dass er dazu fähig ist, mir etwas anzutun, habe ich schon lange befürchtet. Aber dass er meinen Tod in Kauf nimmt, konnte ich mir nicht vorstellen. Ich hätte irgendwann verhungern und verdursten können in dem Kabuff, wenn du mich nicht gehört hättest, Großmama!"

„Hast du noch etwas von dem Gift, mit dem du so gerne Wein ‚verfeinerst'?", erkundigte sich die Gräfin. „Wenn du es nicht fertigbringst, diesen elenden Bock zu vernichten, ich schon, verlass dich drauf. Meiner geliebten Enkeltochter fügt niemand ungestraft Schaden zu."

„Das Gefäß mit dem Zeug darin steht im Putzschrank in deiner Besenkammer. Meine Güte, ich hab ja direkt darunter gehockt", fiel es Lissie ein. „Ich hatte es gleich zu Anfang dort deponiert, als ich dich besucht hatte, um dir etwas vorzulesen. Rechtzeitige Vorbereitung ist alles, hatte ich mir gedacht. Das hab ich immer so gehalten, bei jeder meiner Kundinnen", gestand sie. Und senkte verlegen ihren Kopf. „Ich schäme mich so sehr vor dir, Großmama, ich möchte am liebsten in einem Loch im Fußboden verschwinden."

Kläglich sah sie Elvira an, wischte verlegen ein wenig Schnodder mit ihrem Ärmel ab und fuhr sich mit dem Handrücken über die Augen. Zerrte ein bereits recht zerfleddertes Taschentuch aus ihrer Hosentasche und schnäuzte sich geräuschvoll. „Hätte ich bloß nicht ... Wäre ich doch nur ..." Ihre Stimme klang hilflos und verzweifelt. Dann verstummte sie.

„Ist ja nichts passiert, Paula", besänftigte die Gräfin und strich mitfühlend über Lissies Haar. „Lass uns planen: Wir werden alle gemeinsam ein Mittagsmahl einnehmen, und anschließend kredenze ich einen teuren Wein. Du mixt natürlich vorher für Michel ein ganz spezielles Getränk an. Noch erlesener als das Gesöff für uns Frauen, haha. Wir werden dann nach dem Essen gemeinsam auf meinen Geburtstag anstoßen und einander ‚gute Gesundheit' wünschen, während wir den Wein genießen", überlegte sie und kicherte. „Gute Gesundheit, hihi", wiederholte sie, und Lissie begann ebenfalls zu lachen.

Elvira wurde wieder ernst und fuhr mit eindringlicher Stimme fort: „Ich wünsche mir, dass du dabei bist, liebe Paula! Nicht, dass du dir vor Angst ins Höschen machst und dich in letzter Sekunde abseilst. Nein. Du wirst anwesend sein, wenn Michel vom Stuhl rutscht, Mädel. Kannst dann ein letztes Mal seine Nähe genießen und sein Händchen halten, wenn du magst, haha. Und schließlich seinen ungläubigen, panischen Gesichtsausdruck sehen, wenn du ihm in seinen letzten Momenten erklärst, was er da soeben getrunken hat! Das ziehen wir übermorgen durch. Ich möchte nämlich meinen Geburtstag im Kreise meiner Familie feiern, weißt du, und diese besteht inzwischen aus meiner Enkeltochter und meinem Ehemann. Wenn der dabei das Zeitliche segnet: Pech gehabt!" Sie zwinkerte Lissie zu. „Danach bringen wir ihn gemeinsam an einem besonderen Ort unter. An dem du ihn auch später noch gern besuchen kannst, aber ich glaube, es wird dich nichts dort hinziehen. Lass dich überraschen, Liebes!"

***

Timo überschlug sich beinahe vor Liebeswürdigkeit - vor falscher Liebeswürdigkeit, wie beide Frauen wussten -, als er zwei Tage darauf zunächst brav Lissie, die ihm als Erste hinter der Wohnzimmertür begegnete, zur Begrüßung kurz umarmte und sie anschließend so eilig wieder losließ, als habe er sich versengt.

Die anschließende Umarmung der Gräfin dagegen fiel so übertrieben innig aus, als käme er soeben von einer mehrjährigen Weltreise zurück, und sie dauerte so lange, dass Lissie, die danebenstand, schon den Sekundenzeiger auf ihrer Armbanduhr fixierte.

Endlich löste Timo sich von seiner Angetrauten, nestelte ein kleines Schmuckkästchen aus seiner Jackentasche, zupfte die große rote Schleife darauf zurecht und überreichte das Präsent Elvira mit den Worten: „Eine Kleinigkeit zum Geburtstag für meine großartige Frau! Auf dass du noch viele schöne Jahre an meiner Seite genießen magst, Liebste.“

„Ich nicht?“, konnte sich Lissie nicht verkneifen, ihm aus dem Hintergrund zuzurufen.

Er zuckte zusammen und streifte sie mit einem raschen, verächtlichen Blick. Dann riss er sich zusammen, da die Gräfin seine Reaktion beobachtete, ergriff spontan Lissies Hand und schmatzte einen unangenehm feuchten Kuss auf ihre Haut, bevor sie sich wegdrehen konnte. „Du auch … Du natürlich auch, LIEBSTE PAULA.“

Spar dir deinen verlogenen Schmalz, lag es Lissie auf der Zunge, doch sie nickte nur. Wirst heute noch ein ganz besonderes Erlebnis haben, dachte sie vergnügt.

Das mehrgängige Mahl schmeckte allen hervorragend, besonders offenbar Timo, der sich hemmungslos seinen Teller vollschaufelte und laut schmatzend alles verschlang. Lissie staunte, als er sich zum dritten Mal eine Schale mit Nachtisch füllte.

„So lecker?“, erkundigte sie sich scheinheilig. „Es gibt sicherlich auch morgen noch genug zu essen, hihi.“ Nur nicht mehr für dich, dachte sie dabei, und ein breites Grinsen überzog ihr Gesicht.

Elvira verfolgte, wie heißhungrig ihr Gatte offenbar war. Als habe er tagelang nichts gegessen.

„Man lebt nur einmal, Paula, es sei ihm vergönnt", war ihr Kommentar. Sie zwinkerte Lissie schelmisch zu und senkte dann ihren Kopf.

Nur am Zucken ihrer Schultern konnte Lissie erkennen, dass Elvira sich das Lachen verbeißen musste.

Wie unangemessen in dieser Situation, ging es Lissie durch den Kopf. Wie pietätlos.

***

Ich hatte bereits heute Vormittag das Etikett der speziellen Flasche, deren Inhalt Timo bald in die ewigen Jagdgründe befördern soll, vorsichtshalber mit einer winzigen Kennzeichnung versehen, die ich auch meiner Oma gezeigt hatte; nicht, dass die in der Zwischenzeit aus Versehen zur falschen Flasche greifen würde, erinnerte Lissie sich jetzt und dachte erleichtert: Inzwischen ist diese Gefahr gebannt, denn ich habe soeben in der Küche Wein für uns alle eingeschenkt, als ich angeblich zum WC war. Oma hat gewusst, was ich vorhabe, und hat verstohlen gegrinst.

Timos Kommentar, als ich zur Tür rausgegangen bin, obwohl noch ein Schälchen mit Nachtisch vor mir gestanden hat, ist gewesen: „Wie oft manche Mädels pinkeln gehen müssen, das ist nicht normal. Die Crème Brûlée ist vorzüglich, da rennt man doch nicht zum Klo!"

Das Stirnrunzeln meiner Oma hat er nicht bemerkt. Ihr Augenzwinkern in meine Richtung auch nicht. Blödmann.

Als alle Weingläser gefüllt waren, habe ich den Rest der Giftmischung im Klo runtergespült und danach die leere Flasche gründlich ausgespült, ging sie nun in Gedanken noch einmal alle Handgriffe durch. Hab sogar noch etwas Orangensaft hineingekippt und die Flasche geschüttelt, anschließend noch ihre Außenseite mit einem Spülschwamm bearbeitet. So sauber ist eine benutzte Weinflasche schon lange nicht mehr gewesen, dachte Lissie amüsiert. Giftspuren wird sicherlich – hoffentlich! - niemand mehr feststellen können. Der harmlose Rotwein, der für mich und meine Oma bestimmt ist, stammt aus einer anderen Flasche; von diesem Wein ist noch etwas übrig.

Also zurück ins Wohnzimmer, hatte Lissie dann beschlossen, zufrieden darüber, dass sämtliche Vorbereitungen abgeschlossen waren.

Timo hatte dort sie mit den hämischen Worten empfangen: „War das eine längere Sitzung auf dem Örtchen, oder hast du dich verlaufen, PAULA?"

Lissie hatte ihn mit eiskalten Blicken angestarrt, sich wieder neben ihre Oma auf das Sofa sinken lassen und widmete sich jetzt endlich dem Nachtisch, während die Gedanken in ihrem Kopf sich wie in einer Endlosschleife wiederholten. Immer wieder ging sie die Arbeitsschritte in der Küche durch: Hatte sie auch nichts übersehen? Die sonstige Selbstverständlichkeit beim Herstellen einer passenden Giftmischung, entstanden durch die Routine der vergangenen Jahre, in denen sie zunächst versuchsweise Ratten, später Tauben und schließlich alte Frauen vergiftet hatte, war verflogen gewesen.

Immerhin ginge es diesmal nicht um eine Person, die sie kaum kannte, sondern um einen Mann, mit dem sie mehrere gemeinsame Jahre verbanden, erkannte sie. Um gemeinsam durchgestandene schlechte Zeiten, zusammen erlebte schöne Momente, Erinnerungen an Zärtlichkeiten … Eben um Timo, ihren früheren Liebsten. Ihren einstigen Vertrauten, Seelentröster und zeitweiligen Lebensgefährten. Und außerdem MITWISSER ihrer Taten. Nein, diesmal war es ihr nicht gleichgültig, ob sie alles richtig bedacht hatte.

Wie schade, dass ich die leckere Crème nicht recht genießen kann, bedauerte sie. Bin zu aufgeregt.

***

Timo machte sich mittlerweile schmatzend über den Rest der Crème her, die sich in der vor ihm stehenden Schale befand. Futterte die vierte … die VIERTE Portion und leckte zum Schluss gründlich den Löffel ab.

„Uff. Bin ich satt!", stöhnte er dann, lehnte sich auf dem Sessel zurück, rieb sich behaglich über den Bauch und lobte die Gräfin: „Göttlich, meine Göttin. Haha, wie originell", meinte er dann.

Lissie verdrehte genervt ihre Augen zur Zimmerdecke; Elvira wirkte peinlich berührt von dem albernen Spruch, gefolgt von Timos noch blöderen Ergänzung.

Ein lauter Rülpser rundete jetzt Timos Fressgelage ab. „Sorry, der musste raus", kam es selbstbewusst von ihm. „Da vergesse ich leider manchmal meine guten Manieren, haha. Hab eben schon lange nicht mehr so gut gespeist."

204

Du hast ZUM LETZTEN MAL gespeist!, dachte Lissie. Weißt es nur noch nicht. Dir bleiben nur noch wenige Minuten, Timo-Michel. Wie viele noch? Abwarten. Sie warf ihrer Oma einen neugierigen Blick zu.

Elvira klatschte in ihre Hände und erhob sich. „Nun, da wir gesättigt sind, habe ich noch einen besonders delikaten Wein für uns", kündigte sie an. „Paula, die Gläser bitte!"

Auch Lissie stand auf, um das Tablett aus der Küche zu holen, auf dem die drei vorbereiteten Gläser mit dem versprochenen Wein nebst einer Schale mit herzhaftem Knabberzeug standen. Sie brachte das Tablett ins Wohnzimmer und baute dort anschließend sorgfältig alles auf dem großen ovalen Tisch auf, um den herum sie alle saßen.

Hoffentlich bemerkt Timo nicht, wie sehr meine Hände zittern, betete sie in Gedanken. Unkonzentriert und fahrig hantierte sie mit den Gegenständen, und eines der vollen Gläser wäre beinahe ihrer schweißnassen Hand entglitten und auf der Tischplatte aus Marmor zerbrochen. Ausgerechnet das für Timo vorgesehene Glas!, dachte Lissie. Ist das ein Zeichen von oben?, fragte sie sich beklommen. Will eine übersinnliche Macht mir befehlen, den Plan aufzugeben? Droht mir sonst Unheil?

Ach was, beruhigte sie ihre flatternden Nerven. Bist doch sonst nicht so albern. Glaubst doch auch nicht an Horoskope oder sonstige übersinnliche Dinge, sagte sie sich. Hm … aber… noch könnte ich … besser wäre es, wenn …, ging es ihr in rascher Abfolge durch den Kopf, und sie verspürte plötzlich ein lästiges Grummeln in ihrer Magengegend. Nichts da, sprach sie sich selbst Mut zu, die

Angelegenheit wird jetzt durchgezogen! Wird durchgezogen bis zum bitteren Ende, verflixt nochmal. Sie warf ihrer Oma einen flüchtigen Blick zu.

Die Gräfin nickte fast unmerklich. In ihren grünen Augen hinter den Brillengläsern – „damit ich erkennen kann, ob der liebe Michel von uns gegangen ist" - stand ein wachsamer Ausdruck. Genauestens schien sie jede von Lissies Bewegungen zu prüfen; sorgfältig schien sie zugleich Timo im Blick zu behalten.

Das Glas mit dem Spezialgetränk darin sah natürlich genauso aus wie die beiden Gläser, in denen sich der harmlose Wein für Elvira und Lissie befand. Es stand allerdings, wie mit der Gräfin abgesprochen, als einziges hinter der großen Schale mit dem Knabberzeug.

Wie in einem Dreieck gegenüber den beiden anderen Gläsern placiert, steht es dort nun ebenso allein, wie Timo einsam in dem Sessel thront, während Oma und ich ihm gegenüber auf dem Sofa sitzen, dachte Lissie bei diesem Anblick und spürte die Wärme der Gräfin neben sich.

Wie gut, überlegte sie, dass ich an jenem Glasrand unauffällig ein wenig von meiner Handcreme verschmiert hatte, damit ich es in meiner Aufregung nicht doch womöglich verwechseln konnte. ‚Gute Planung ist wichtig. Sonst geht alles ruckzuck in die Hose‘, hatte sie noch Elviras mahnende Worte im Gedächtnis.

***

Die Gräfin ergriff jetzt ihr Glas und hob es hoch; Lissie tat es ihr gleich. „Auf dich und mich, liebster Michel. Und

206

natürlich auf die junge Dame, die nun auch zu meiner Familie gehört: meine liebe Paula. Ein Prosit auf meinen Geburtstag. Man wird eben nicht jeden Tag so alt, wie ich es jetzt geworden bin." Mit diesen Worten nahm sie einen Schluck Wein zu sich und stellte anschließend das Glas behutsam zurück auf den Tisch. Die rote Flüssigkeit darin schwappte noch ein wenig hin und her, dann glich ihre Oberfläche einem stillen kleinen See.

Einem See, in dessen Tiefen sich eine ungeahnte Bedrohung befinden kann, dachte Lissie bei dieser Beobachtung und schaute versonnen in ihr eigenes Glas. Mit mehr als einem leichten Schwips musste auch sie bei diesem ‚guten Schluck' nicht rechnen. Timo hingegen … Sie nippte an ihrem Glas.

Nur Timo hatte noch keinen Schluck getrunken, sondern schleimte zunächst die Gräfin voll: „Hast dich gut gehalten, liebe Elvira. Wie ein junges Füllen, das munter umherspringt", vernahm Lissie ihn, und unwillkürlich fragte sie sich mal wieder, wie alt ihre Oma eigentlich genau war.

Über ihr genaues Alter würde die Gräfin sich auch heute ausschweigen, befürchtete Lissie, die es bisher noch nicht geschafft hatte, ihr Oma das Jahr ihrer Geburt zu entlocken. Ob sie Timo eingeweiht hat?, überlegte Lissie und spürte eine Hauch von Eifersucht in sich aufsteigen bei dem Gedanken daran, der könne es erfahren haben. Oder hat sie es auch ihm verschwiegen? Oder ihn angelogen? Sind ihre Papiere bei der Eheschließung gefälscht gewesen? Vermutlich, sagte Lissie sich und nippte erneut an dem ihr zugedachten Weinglas.

Auch Elvira nahm einen weiteren Schluck zu sich, als wolle sie Timo dazu animieren, nun auch endlich etwas zu trinken, und stellte danach das Glas wieder auf der Tischplatte ab. Nahm eine Handvoll Erdnüsse und meinte zu Timo: „Dieser Wein ist von hervorragender Qualität, lieber Michel. Danke, dass du diese Sorte für uns ausgesucht hast. Du hast einen guten Geschmack", meinte sie anerkennend. Lobte ihn und wartete darauf, dass er ebenfalls trank. ENDLICH trank.

Timo hob das für ihn bestimmte Glas jetzt an seine Nase, schwenkte es ausgiebig herum und schnüffelte wie ein echter Weinkenner - der er nicht war, wie Lissie wusste - an der roten Flüssigkeit, um die Aromen zu erkennen, wie er erklärte. Schließlich nickte er und hob das Glas hoch. Näherte es seinen Lippen. Trank jedoch noch immer nicht daraus, sondern machte es spannend, nun, da er die Blicke beider Frauen auf sich gerichtet sah.

Blödmann, dachte Lissie und wippte ungeduldig mit ihrem linken Fuß, denn sie saß mit übereinander geschlagenen Beinen auf dem Sofa.

Idiot, schien auch die Gräfin zu denken und trommelte leicht auf die Tischplatte. Starrte Timo mit genervter Miene an und trommelte immer heftiger, je länger er sich damit aufhielt, das wunderschöne Tiefrot des Weines zu bestaunen.

„Wie der von innen heraus leuchtet", schwärmte Timo. „Wie der glutrote Himmel bei Sonnenuntergang."

„Ja, willst du mir ein romantisches Gedicht vortragen, oder endlich mit uns anstoßen? Wenn du noch sehr lange wartest, schmeckt der Wein schal. Dann haben die

Aromen sich verflüchtigt", warnte die Gräfin. Sie schien ihre Geduld allmählich zu verlieren und starrte ihn nun so intensiv an, als wolle sie ihn verhexen.

Ich verflüchtige mich auch, wenn dieser Mistkerl nicht bald mal trinkt, dachte Lissie. Wenn wir uns nicht heute noch von diesem elenden Bock befreien können.

Da! Lissie hätte fast einen Jubelschrei ausgestoßen, und auch Elvira Miene entspannte sich ein wenig.

Timo hob das Weinglas an seine Lippen. (Na, endlich.)

Er senkte wieder seine Hand, mit der er das Glas festhielt. (Och nee!)

Er hob das Glas erneut an seinen Mund und trank nun daraus. Leerte es vollkommen, schleckte noch den letzten darin verbliebenen Tropfen genießerisch ab und …

… begann zu schwanken. Sackte erst mit seinem Rücken gegen die Lehne des Sessels. Zitterte, keuchte, würgte. Fiel dann vornüber, knallte noch mit seinem Schädel gegen die Tischkante und landete anschließend auf dem teuren Perserteppich. Verstummte, krümmte sich noch kurz und lag dann still.

„Nicht, dass der mir noch den schönen Teppich vollkotzt", kommentierte die Gräfin, stand auf, ging um den Tisch herum und verpasste Timo einen leichten Tritt in seinen Allerwertesten.

„Wie schäbig von dir, ihn dorthin zu treten", gluckste Lissie, glitt vom Sofa und kniete neben Timo, um seinen Puls zu fühlen. Legte ihre Finger an seine schlaffen Lippen und prüfte, ob er noch atmete. Kam wieder hoch und meinte: „Tot. Mausetot, Großmama."

Wo soll er nun bleiben, was meinst du, Paula?" Das schelmische Grinsen der Gräfin verriet Lissie, dass sie längst genau wusste, wo ihr verblichener Gatte landen würde. Lissie gab vor, angestrengt zu überlegen. Und schlug dann vor: „Wie alle Leichen in guten Krimis in einem Schrank? Vielleicht, eingewickelt wie eine Ölsardine, in einem alten Teppich, der in einer Truhe untergebracht wird? Oder mit einem großen Stein an seinem Fuß in einem See?" Neugierig wartete sie auf die Reaktion ihrer Oma.

Die wiegte ihren Kopf, als würde sie über Lissies Vorschläge nachdenken. „Nein, ich zeige dir eine bessere Möglichkeit. Komm mit", forderte sie Lissie dann auf, ließ Timo dort liegen, wo er sein Leben ausgehaucht hatte, und stöckelte zur Wohnzimmertür hinaus.

Lissie warf noch einen Blick auf ihren ehemaligen Lover, dann folgte sie ihrer Oma. Durch die Küche ging es, dahinter durch einen dunklen Flur, anschließend Treppenstufen hinunter. Feuchte, rutschige Treppenstufen, und wäre kein Geländer zum Festhalten vorhanden gewesen, Lissie wäre die gesamte gewundene Treppe bis in den Keller hinuntergefallen. Die Gräfin hingegen, gewandt und flink wie ein junges Reh, wartete längst unten auf ihre etwas unbeholfene Enkeltochter.

„Hier entlang", meinte Elvira dann und betrat das unterirdische Gewölbe. Unheimlich und klamm wehte es

Lissie dort entgegen, und die zu einer Gänsehaut aufgerichteten feinen Härchen auf ihren Armen kamen nicht nur von der kühlen Luft. Auch die schummerige Beleuchtung durch wenige Glühbirnen, die nackt unter der Betondecke hingen, machte ihr zu schaffen.

„Wo bleibst du denn, liebe Paula?", schallte es ihr aus der Dunkelheit weiter vorn entgegen. „Timo wird schon vergammelt sein, so lange, wie du brauchst, um ihn hier unterzubringen, haha."

Das Gelächter der Gräfin klang schaurig, und plötzlich spürte Lissie Angst in sich aufsteigen. Angst vor ihrer Großmutter, die ihr fremd geworden schien. Was führte sie im Schilde? Würde auch sie, Lissie, hier neben Timo ihre letzte Ruhestätte finden? Konnte sie dieser ungewöhnlichen alten Frau noch vertrauen? Ein Schauer lief Lissie über den Rücken und ließ sie erzittern. Kaum wagte sie sich noch weiter vor in diese fürchterliche Welt weit unter der Oberfläche – auch ihre Oma wurde ihr zunehmend unheimlich. Ach, wie sehr sie sich nach Licht und frischer Luft und Sonnenschein sehnte! Aber nun gab es kein Zurück mehr. Timo lag verkrümmt dort oben und musste beseitigt werden. Aber wo genau?

Elvira war stehengeblieben, nachdem sie am Ende des Heizungskellers, vorbei an einem riesigen Öltank, durch eine stabile Tür hindurchgegangen war. Sie wartete, bis Lissie sie erreicht hatte, und deutete auf drei große Kühltruhen, die nebeneinander aufgereiht standen, beschienen von jeweils einem Deckenstrahler darüber.

Endlich mehr Helligkeit, dachte Lissie erleichtert, doch beim Anblick der Kühltruhen begann sie zu grübeln. Was mag dort drin sein?, fragte sie sich bang. Soviel Fleisch oder sonstige Lebensmittel, die sich lange frischhalten müssen, kann meine zierliche Oma doch gar nicht allein benötigen? Und, wie ich sie einschätze, veranstaltet sie auch keine großen Partys mit zig Gästen, die sich alle ihre Bäuche vollschlagen wollen. Wozu also …

„Herbert unten, Ottmar oben", die Gräfin deutete auf die ganz hinten stehende Truhe, deren gleichmäßiges Brummen auf eine funktionierende Kühlung schließen ließ. „Zwei alte Säcke, die ich – nacheinander natürlich – geheiratet habe. Und nachdem ich jedem von ihnen das Lebenslicht ausgeblasen habe, kamen sie übereinander gestapelt und sorgfältig mit Namenszetteln versehen in die Truhe dort. Darin ruhen sie jetzt bereits seit Jahrzehnten. Der Kühlung sei Dank, werden sie wohl noch nicht ganz vergammelt sein." Sie machte eine Pause und blickte ihre Enkeltochter neugierig an. Wie würde sie diese Informationen aufnehmen?, schien sie zu überlegen.

Lissie starrte auf die hinterste Truhe. Starrte den unscheinbaren Deckel an, ungläubig, entsetzt, und … atmete auf. Sie verstand.

„Und in der hier?", fragte sie nun und tippte mit ihrem Zeigefinger auf die mittlere Truhe. „Noch mehr alte Männer, die du beerbt hast, Oma? Du hast ja die gleiche Masche abgezogen wie Timo und ich", erkannte sie und musste kichern.

„Ihr seid nicht die Ersten, die auf eine solche Idee kommen", bestätigte ihre Großmutter und wackelte übermütig mit ihrem Kopf. „Aber in dieser Truhe befindet sich nur noch ein alter Kerl namens Bertram. Darüber liegt

Uwe, der war jünger. Schließlich wollte ich mich lieber mit Frischfleisch vergnügen, faltige Haut habe ich selbst."

„Und … der wollte DICH dann kaltmachen und anschließend beerben?", schloss Lissie. „Aber du hast dich gewehrt?"

„Hast es erfasst, bist ein schlaues Mädchen", lobte die Gräfin sie und strich mit ihrer Hand sachte über den Truhendeckel. „Bertram und Uwe, unten und oben, gut gekühlt und sorgfältig beschriftet", erzählte sie dann und wandte sich anschließend der Truhe zu, die ganz vorn stand.

„In der hier liegt unten Peter. Dreißig Jahre alt geworden; meine letzte Eroberung. Und über ihm ist noch Platz für einen weiteren Kerl", erklärte sie. „Für Michel nämlich. Das Namensschild für ihn habe ich schon angefertigt. Wir müssen ihn nur noch hierher schleifen und hineinstecken. Und dann genehmigen wir beiden uns einen Schlummertrunk, Paula. Nein, einen wohlschmeckenden, aber ungefährlichen natürlich", beruhigte sie ihre Enkeltochter, die bei dieser Ankündigung zusammengezuckt war.

„DICH möchte ich nicht vergiften, Liebes. Und mich selbst logischerweise auch nicht. Also, Einweghandschuhe anziehen gegen Fingerabdrücke, und los geht's."

***

„Hau ruck! Streng dich mehr an, Paula. Meine Güte, hast du denn gar keine Muckis?", meinte die Gräfin, munter wie immer, und nickte Lissie zu.

„Der ist schwer", meckerte Lissie, ließ Timos Füße auf den Betonfußboden sinken und wischte sich die Schweißtropfen von ihrer Stirn. „Der wiegt mindestens ebenso viel wie der kleine Elefant, den ich vor einigen Tagen im Zoo bestaunt habe", meinte sie dann und stieß ihren Atem aus, der in Dampfwölkchen ihren Kopf umgab.

„Ach, armes kleines Mädchen", erwiderte ihre Oma, dem Klang ihrer Greisenstimme nach gut gelaunt.

Wie macht die das bloß?, fragte Lissie sich. Hat die sich nicht nur optisch verjüngen lassen? Sind ihr auch neue Organe eingepflanzt worden?

„Alles eine Frage der körperlichen Ertüchtigung", erklärte die Gräfin ihr da, als habe sie Lissies Gedanken lesen können. „Jeden Morgen noch vor dem ersten Kaffee ein wenig Frühsport. Damit werde ich DICH noch überleben, haha." Sie hielt Timos Körper, der schlapp hinunterhing wie ein Sack Zement, unter seinen Achseln und bedeutete Lissie, endlich wieder seine Fußgelenke zu ergreifen, um ihn gemeinsam mit ihr über den Rand der Kühltruhe zu hieven.

Eine letzte, für Lissie scheinbar übermenschliche Kraftanstrengung, und Timo landete unsanft in der Truhe auf dem Sperrholzbrett, das über seinem zukünftigen ,Bettgenossen' lag.

„So hat jeder sein Abteil für sich allein, wie in einem Etagenbett", hatte die Gräfin ihr erklärt und eine weitere Holzplatte von außen griffbereit an die Truhe gelehnt. „Mit der hier decken wir anschließend meinen Michel … deinen Timo", verbesserte sie sich, „jedenfalls diesen unseligen Knaben zu, der uns beiden eine Menge Ärger bereiten wollte. Das hat er nun davon", schloss sie und legte Timos Hände akkurat übereinander. „Ein letzter Blick, ein letzter Abschied, dann den Deckel druff", meinte sie, platzierte die Sperrholzplatte über Lissies Expartner, rückte die Platte noch ein wenig zurecht und ließ den Deckel der Truhe darüber zufallen. Friemelte an dem Schloss herum, das am Griff der Truhe angebracht war, und steckte einen kleinen Schlüssel, den sie an einem silbernen Bettelarmband getragen hatte, in das Schloss und drehte ihn um. Befestigt zwischen zwei goldenen Glückskäfern, einem winzigen Schornsteinfeger und einigen silbernen Kleeblättern, baumelte dieser Schlüssel, den Lissie wohl schon gesehen, aber nie beachtet hatte, sonst immer am Handgelenk der Gräfin.

DAFÜR ist der also gedacht, erkannte Lissie. Wie praktisch. Der Zugang zu Omas Ehemaligen. Oder ... existiert noch ein gleicher Schlüssel?

„Nein, es gibt nur ein Exemplar davon", überraschte die Gräfin Lissie erneut mit ihrer Gabe, offensichtlich Gedanken lesen zu können.

„Aufmerksam jemandem zu beobachten und sein Mienenspiel zu verfolgen reicht aus, um seine Gedanken zu erraten, mein Kind", kam es amüsiert von Elvira. „DEINE Gedankengänge kann ich so deutlich erkennen, als seien sie aus Glas", meinte sie. „Du kannst vor mir nichts verbergen, Paula."

Damit wandte sie sich um, ging den Kellergang entlang zurück, drückte die Kellertür nachdrücklich hinter sich und der hinter ihr auftauchenden Lissie zu. Lief durch die übrigen Kellerräume und stöckelte anschließend behände sämtliche Treppenstufen wieder hinauf. Hinauf ans Tageslicht, zurück ins Leben.

„Uff!", war alles, was Lissie oben noch von sich geben konnte, bevor sie völlig erledigt im Wohnzimmer auf das Sofa kippte und dort ihre Beine lang ausstreckte.

Es war noch nicht lange her, dass Timo ihr gegenüber gesessen hatte.

Drei Weingläser und daneben verstreute Salzstangenkrümel waren stumme Zeugnisse der Ereignisse. Das Glas, das Timo benutzt hatte, war ihm aus der Hand gefallen und lag, in Scherben zerbrochen, auf dem Marmortisch.

Vorsichtshalber würde sie sogar diese Scherben säubern, bevor sie sie in den Mülleimer warf, nahm Lissie sich vor.

Oma schläft noch, hoffte Lissie und schlich die Kellertreppe hinunter. Die Taschenlampe, die sie im Besenschrank entdeckt und nun an sich genommen hatte, ließ die Schatten der im vordersten Kellerraum vorhandenen Möbel und Gegenstände schemenhaft über die Wände huschen wie tanzende Gestalten. Der Lichtkegel leuchtete zunächst einen Vorratsraum mit langen, mit gefüllten Einmachgläsern vollgestellten Regalen auf beiden Seiten aus. Weiter ging es weiter durch den Heizungskeller, in dem der große Öltank stand, und dann betrat Lissie den Raum, in dem sich, gleichmäßig schnurrend am Stromnetz angeschlossen, die drei Truhen mit ihrem zweifelhaften Inhalt befanden. Sie näherte sich vor Kälte bibbernd der vordersten Truhe, in der Timo lag.

Will ich dort wirklich hineinsehen?, fragte sie sich und bemerkte, wie sich direkt über der Truhe eine dicke Spinne von der Kellerdecke abseilte.

NEIN, verzieh dich sofort wieder ins warme, sichere Wohnzimmer, Lissie, kreischte ihre innere Stimme entsetzt. JA, sei mutig; der Typ in der Truhe kann dir nichts mehr anhaben, hielt ihr Gefühl, ihr meist so zuverlässiges Bauchgefühl, oder das, was davon unter diesen Umständen noch übrig war, dagegen.

Lissie zögerte, schlang die Arme eng um ihren Oberkörper und steckte die eiskalten Finger in ihre Achselhöhlen. Dann zog sie langsam, gaaanz langsam, den

Schlüssel aus ihrer Hosentasche, der an dem Bettelarmband ihrer Großmutter hing, das sie vorsichtig von dem Nachtschrank genommen hatte, auf den Elvira dieses Schmuckstück jeden Abend legte. Holte das Armband nun vollständig hervor, entfernte den Schlüssel davon und betrachtete ihn.

Soll ich ... Oder soll ich nicht? Unschlüssig stand sie vor der Truhe und überlegte.

Mensch, geh in den Garten, pflück dir ein Gänseblümchen und entscheide dich, indem du die einzelnen Blütenblätter abzupft, maulte ihr inneres Stimmchen sie an. Wozu hast du deiner Oma den Schlüssel geklaut und dich in dieses Verlies des Grauens gewagt, wenn du jetzt hier nur dumm rumstehst und flennend die Truhe anglotzt? WOZU, häh? Dumme Nuss, meinte das Stimmchen in Lissies Kopf und verstummte wieder.

Na gut, du lästige Nervensäge da oben, antworte Lissie in Gedanken und begann, sich an dem Schloss zu schaffen zu machen, mit dem der Deckel der Kühltruhe versperrt worden war. Nach einigen Versuchen knackte es hörbar, und der Deckel ließ sich nach oben öffnen.

Was habe ich denn erwartet, was ich nun vorfinde?, fragte sich Lissie, nachdem sie auch die leichte Sperrholzplatte angehoben und darunter gespäht hatte. Dass Timo verschwunden ist? Dass seine Gesichtszüge bereits schreckliche Spuren von Verwesung aufweisen würden?

Nein. Der ‚Neuzugang‘ lag so in seiner Unterkunft, wie Lissie und Elvira ihn dort wenige Tage zuvor zurückgelassen hatten. Lediglich eine dünne Schicht kleiner Eiskristalle, die alles überzog, hatte den Anblick ein wenig verändert. Hatte Timo wie mit fein aufgetragenem Zuckerguss bedeckt, der sein Gesicht darunter schemenhaft werden ließ.

„Ach, Timo", seufze Lissie. „Wie konnte es nur dazu kommen? Wir haben uns doch mal geliebt."

Oder nicht?, überlegte sie gleich darauf. „Zumindest ICH habe dich einst geliebt", raunte sie trotzig und spürte, wie eine Träne aus ihrem linken Auge tropfte, über ihre kalte Wange rann und zu Boden fiel, wo sie gefror. Gefror, wie ihre Gefühle für diesen Mann mittlerweile gefroren waren. Und nie mehr auftauen würden.

Lissie bedeckte den Toten erneut mit der dünnen Holzplatte, klappte den Deckel wieder zu und wollte das Schloss daran versperren. Ergriff den kleinen Schlüssel von Omas Bettelarmband, beugte sich vor und … verlor ihn. Klimpernd traf er auf dem harten Betonboden auf, machte noch einen winzigen Hüpfer und war dann unter dem Rand der Truhe verschwunden, denn die stand etwas erhöht auf stabilen Füßen.

„Mist", fluchte Lissie und hockte sich auf ihre Knie, um mit der Taschenlampe den Bereich unter der Truhe auszuleuchten. Da! Dort lag der Schlüssel und wäre mit einem langen, flachen Gegenstand erreichbar. Sie sah sich um, konnte aber weder ein Lineal noch etwas Ähnliches finden. Sah an sich herunter und entschied: ihr Gürtel! Genau, damit müsste es gehen, hoffte sie und zerrte ihren Ledergürtel aus den Schlaufen an der Hose. Zog ihn vollkommen heraus – wie blöd, meine Hose rutscht jetzt, ging es ihr durch den Kopf – und schob das Ende des Gürtels unter die Truhe. Erwischte schon bald den Schlüssel, bewegte ihn mit Hilfe des Gürtels nach vorne und konnte ihn schließlich ergreifen.

Als sie den Gürtel unter der Truhe hervorziehen wollte, fiel der Strahl der Taschenlampe zufällig auf ein kleines Stück Papier, das unmittelbar hinter einem der Truhenfüße lag.

Lissie ergriff das Papierfitzelchen und hielt eine halb durchgerissene Ansichtskarte in ihren Fingern. Und zwar das Stück, auf dem ein Name sowie eine Adresse mühsam zu entziffern waren unter einer Schmutzschicht, die sich darüber befand und wohl aus dem Keller stammte.

Nora, hm. Dieser Vorname ließ in Lissies Kopf etwas anklingen. Wo hatte sie diesen Frauennamen nur schon gehört? Wer konnte damit gemeint sein?

Vor ihrem inneren Auge erschien plötzlich Klaus Müller, wie er neben ihr gestanden hatte und mit ihr geklönt hatte. Wie sie dabei mit Fidos Hundeleine gespielt hatte und ihr Nachbar ihr von einer Frau erzählt hatte, die Jahrzehnte zuvor für das Verschwinden mehrerer Männer verantwortlich gemacht worden war. Und die nie mehr gefunden worden war, so sehr die Polizei auch nach ihr gefahndet hatte. Lissie ging ein Licht auf.

„Nora", murmelte sie nun und drehte das unscheinbare Stück Papier zwischen ihren Fingern hin und her. „Bist du meine Großmutter? Ist das dein echter Name? Und …" Sie stockte und musterte die anderen beiden Truhen, die im Halbdunkel vor ihr zu sehen waren. „Hast du darin die vermissten Männer untergebracht?" Von drei Männern hatte ihr Nachbar gesprochen, entsann Lissie sich. Sie trat an die hinterste Truhe heran und murmelte die Namen, die die Gräfin ihr am Vortag genannt hatte, bevor sie gemeinsam Timo versteckt hatten.

Wie haben ihre Namen gelautet?, grübelte Lissie. Richtig: Herbert und Ottmar. Okay, dachte Lissie und stellte sich anschließend nachdenklich vor die Truhe, die in der Mitte stand. Wer liegt in der? Uwe und über ihm Bertram. Nee, andersrum: unten liegt Bertram, darüber Uwe. Egal, jedenfalls diese beiden sind hier von der Gräfin untergebracht worden. Und in der Truhe vorn? Timo natürlich, und der Typ darunter … Peter, genau.

Also Herbert, Ottmar und Bertram müssen die alten Säcke gewesen sein, die meine Oma damals beerbt hat. Uwe und Peter kamen erst später dazu, sowie Timo; eben die jungen Liebhaber, mit denen meine Oma sich in den vergangenen Jahren noch vergnügt hat.

Lissie wurde es zu kalt. Die Spinne schaukelte inzwischen direkt über ihrem Kopf – eigentlich ein nützliches Tier, dachte Lissie, aber widerlich - und außerdem wollte sie Elviras Armband wieder dorthin legen, von wo sie es mitgenommen hatte. Hoffentlich ist Oma noch nicht wach, betete sie im Stillen. Sie steckte das verräterische Papierfitzelchen in ihre Hosentasche, verschloss endlich die Truhe, in der Timo lag, befestigte den Schlüssel wieder am Armband und machte sich auf den Weg zurück in das von der aufgehenden Sonne erhellte Schlafzimmer. Stahl sich dann geräuschlos zum Nachtschränkchen und legte das Armband so dort hin, wie sie es ihrer Erinnerung nach vorgefunden hatte.

Wandte sich um, schlich leise wieder hinaus und stieß erleichtert ihren Atem aus. „Geschafft!", flüsterte sie.

Sie befühlte den Rest der Ansichtskarte in ihrer Hosentasche und starrte mit leeren Blicken in den Garten hinaus.

Nora ...

*Ü*ber ihren gemeinsamen Ausflug in den Keller verloren weder die Gräfin noch Lissie ein Wort. Ihr Leben ging weiter, als ob nichts geschehen wäre. Lissie hatte ihre Mietwohnung gekündigt und sich in dem geräumigen Gästezimmer in der Villa ihrer Großmutter eingerichtet. Und Elvira hatte darauf bestanden, dass ihre Enkeltochter sich einen Job suchte.

„Ich werde dich nicht durchfüttern, liebe Paula, du musst dir ein selbständiges Leben aufbauen. Bei mir wohnen darfst du gern, ich werde nur eine geringe Miete verlangen. Aber auf der faulen Haut liegen als junger, gesunder Mensch? Das werde nicht dulden. Okay?"

Lissie hatte brav genickt und Bewerbungsunterlagen zusammengestellt. Hatte die Stellenanzeigen in Zeitungen und im Internet studiert, an Anschreiben gefeilt, ihren Lebenslauf aufpoliert – und geschönt - und dann alles abgesandt. Hatte ungeduldig auf die Antworten der angeschriebenen Firmen gewartet und auch telefonisch nachgehakt, wenn es ihr zu lange dauerte.

Und endlich waren ein paar Einladungen zu Vorstellungsgesprächen eingetroffen. Sie hatte sich feingemacht, war dorthin gefahren, hatte ihr Bestes gegeben, war beschwingt heimgegangen und hatte hoffnungsvoll gewartet.

Vergeblich. Den Text „… und wünschen Ihnen alles Gute" kannte sie bald auswendig.

„Ich kann und weiß doch absolut nix, Großmama. Ich hab ja immer nur Hilfsjobs als Putzkraft gehabt. Bin ja nicht einmal eine richtige Raumpflegerin, wie die korrekt bezeichnet werden, sondern hab mir alles selbst beigebracht. Wer will mich denn auch einstellen?", meinte Lissie eines Nachmittags kläglich zur ihrer Oma und heftete eine weitere der vielen Absagen in einem dicken Ordner ab. Er war inzwischen fast gefüllt.

„Nicht maulen, Anzeigen durchsehen, Ohren spitzen, wenn Leute sich unterhalten, weiter bewerben", forderte Elvira sie auf. „Du könntest doch Telefonistin werden, oder nicht? Du hast eine klare, deutliche Aussprache und eine angenehme Stimme. Such dir passende Jobs raus, ruf dort an, stelle dich unangemeldet einfach persönlich vor. Frechheit siegt, weißt du. Ich vermute, einige Firmen stellen auch Quereinsteiger ein", versuchte sie ihrer verzagt dreinschauenden Enkeltochter Mut zu machen.

***

„Irina erledigt ihre Aufgabe hier leider wirklich nicht sehr sorgfältig", meine Elvira ein paar Wochen darauf zu Lissie, die sich über ein gut sichtbares Spinnennetz in der Küche geärgert hatte. „Du hast viel gründlicher geputzt, Paula", ergänzte sie. „Wenn du keine andere Stelle ergattern kannst, darfst du von nun an wieder bei mir saubermachen. Irina fliegt raus, und zwar noch heute. Über dieses junge Ding, das ständig am Handy hängt und mit dem Liebsten quatscht, anstatt zu arbeiten, ärgere ich mich doch nur. Was meinst du, Paula, möchtest du bei mir als

Putzhilfe einsteigen? Über den Lohn können wir noch verhandeln, der wird angemessen sein." Die Gräfin schaute Lissie neugierig an und setzte nach: „Oder würde es dir besser gefallen, täglich mehrere Stunden woanders zu verbringen und auf fremde Menschen zu treffen? Könnte ich auch verstehen, wenn du lieber mal was anderes sehen möchtest als immer nur mich und diese Villa. Überleg es dir. Ich möchte dich zu nichts drängen."

„Putzen ist nicht gerade mein Traumjob, Großmama", gab Lissie verlegen zu. „Dennoch habe ich mich bemüht, ÜBERALL Staub zu saugen. Nicht nur um die Möbel herum, sondern auch darunter, haha."

Beide wussten, sie meinte Irinas Angewohnheit, mit dem Staubsauger elegante Runden um alle im Wege stehenden Stühle, Tische und sonstige Hindernisse zu drehen. Sie war zu bequem, diese Gegenstände woanders hinzustellen und sie nach getaner Arbeit wieder an ihren Platz zurückzustellen. Nein, DAS war ihr offenbar zu mühsam! Elvira und Lissie grinsten sich einvernehmlich an. Jede wusste, was der anderen durch den Kopf ging.

„Okay", sagte Lissie schließlich gedehnt, „ich mach's! An meiner Arbeitsweise wirst du hoffentlich nichts auszusetzen haben."

Der Bewerbungsordner wurde in den hintersten Winkel des Sekretärs geschoben, den Elvira ihrer Enkeltochter für ‚Papierkram', wie sie abfällig sagte, zur Verfügung gestellt hatte. Lissie war erleichtert darüber, dass ihr Bewerbungs-Marathon nun ein Ende hatte, und nahm sich vor, die Villa so peinlich genau zu putzen, dass man direkt vom Fußboden essen könnte.

Das Spinnennetz in der Nische zwischen dem Küchenregal und dem Kühlschrank wurde als Erstes von Lissie beseitigt. Die Spinne rannte auf ihren acht Beinchen geschwind um ihr Leben, als Lissie ihren Schuh auszog und sie erschlagen wollte; verkroch sich dann eingeschnappt hinter Elviras Küchenschrank und wurde nicht mehr gesehen.

Irina samt ihres unvermeidlichen Handys, das am Ohr der jungen Blondine regelrecht festgewachsen zu sein schien, wurde hinaus befördert.

Im Haus der Gräfin kehrte endlich Ruhe ein, und Staubmäuse hatten dort keine Chance mehr. Sie wurden ebenso entsorgt wie lästige Männer.

*L*issie, wie schön, dir hier zu begegnen. Wir haben uns ja schon eine ganze Weile nicht mehr gesehen", ertönte eine tiefe Männerstimme.

Lissie wandte sich zur Seite: Ihr ehemaliger Nachbar Klaus Müller, zu dem sie keinen Kontakt mehr hatte, seitdem sie bei ihrer Oma wohnte, stand neben ihr.

"Schade, dass du ausgezogen bist. Deine Nachfolgerin, eine unscheinbare, verhuschte Rentnerin, ja, die ist zwar angenehm leise. Aber die Treppenhausreinigung übernimmt sie nur, wenn sie Lust dazu hat, und zum Gassigehen mit Fido kann ich sie auch nicht überreden. Obwohl sie noch fit genug für ihre tägliche Joggingrunde ist. Dafür tuschelt sie gern mit der ‚Dame', die leider immer noch oben wohnt. Deren ungezogene Blagen verhätschelt sie, da die ihre schweren Einkaufstaschen für sie nach oben schleppen. Die Bengel fressen ihr regelrecht aus der Hand, wenn sie sie anschließend mit Schokolade verwöhnt. Bekommen sie mal keine Süßigkeiten von ihr, dann knallen sie trotzig Türen hinter sich zu und schießen einen Fußball gegen ihre Wohnungstür, bis sie mit einer Pralinenschachtel winkt, die die Bengel dann ruckzuck leerfuttern. Die Jungs wissen ganz genau, wie sie sie weichkochen können, haha", meinte Klaus zu Lissie.

„Tja, Klaus, ich habe mich dafür entschieden, bei meiner Großmama zu wohnen, denn bei der toben keine kreischenden Gören durchs Haus, und niemand dreht mitten in der Nacht seine Stereoanlage bis zum Anschlag auf“, meinte Lissie und reichte ihm zur Begrüßung ihre Hand. Klaus’ Hund sprang begeistert an ihr hoch, und Lissie kraulte den Vierbeiner. „Hallo, Fido.“

„Ich wusste gar nicht, dass du dich für Schlösser interessierst“, meinte Klaus nun und warf nicht nur Lissie, sondern auch ihrer Großmutter, die neben ihnen stand und ihre Unterhaltung verfolgte, einen neugierigen Blick zu.

„Klaus Müller, mein früherer Nachbar“, stellte Lissie ihn ihrer Oma vor. „Die Gräfin von Narda ist meine leibliche Großmutter, wie sich herausgestellt hat. Und meine jetzige Arbeitgeberin.“

„Ich mache gern mal einen Rundgang durch ein historisches Gemäuer“, schaltete sich die Gräfin ein, die Klaus’ Handkuss zur Begrüßung kichernd hinnahm. „Und meine Enkeltochter ist eine aufgeschlossene junge Frau, die begleitet mich gern,“ meinte sie dann.

„Genau“, pflichtete Lissie ihrer Oma bei, „mich faszinieren die Inschriften auf solchen uralten Truhen. Und ich versuche mir vorzustellen, wie die jungen Mädchen damals wohl gelebt haben. Wie sie sich in solchen Klamotten wie denen hier gefühlt haben müssen.“ Sie deutete auf die große, jahrhundertealte Bauerntruhe, vor der sie standen, und grinste amüsiert.

Der Deckel der Truhe war aufgeklappt, und man konnte den Inhalt, der durch eine Plexiglasplatte geschützt wurde, bewundern. Rüschenhemden, kurios wirkende riesige Unterhosen, selbstgestrickte Wollsocken, eine Haube für Damen, außerdem sorgfältig ausgearbeitete Schnallen und Broschen. Alles Dinge, die einst zum Alltag gehört hatten.

„Diese Büxen ... Liebestöter“, murmelte die Gräfin und grinste schelmisch über beide Backen. „Hätte ich die Dinger getragen, ich wäre heute noch Jungfrau, haha.“

„Aber Oma!“, rutschte es Lissie unwillkürlich raus, und sie lief rot an.

„Verehrte Frau von Narda“, kam es auch von Klaus Müller, „solche deutlichen Worte hätte ich von einer Adeligen nicht erwartet.“

„Ach, Leute, in meinem Alter nehme ich kein Blatt mehr vor den Mund“, beschied die Gräfin ihnen, wandte sich um und stöckelte weiter, in dem von Besuchern gut frequentierten Saal an ausgestellten Exponaten entlang. Betrachtete interessiert die an der Wand hängenden alten Fotos, die Ansichten aus der Frühzeit des Schlosses zeigten. Bewunderte Aquarelle, auf denen ein Künstler die Außenansicht des Gebäudes auf seine Weise – eine sehr abstrakte Weise – interpretiert hatte. Ging langsam weiter, bis sie vor einer glänzenden Ritterrüstung stehen blieb.

„Wie müssen die Männer sich wohl DARIN gefühlt haben?“, überlegte sie und trat einen Schritt näher an die Rüstung heran, um sich das Visier genauer anzuschauen. „Muss eine Höllenqual gewesen sein, besonders im Sommer“, vermutete sie und schüttelte leicht ihren Kopf.

„Genau, die tapferen Kämpfer hatten es nicht leicht“, stimmte ihr Klaus Müller zu und hielt Fido zurück, der um die Rüstung herumlaufen wollte. Fast hatte er eine Runde geschafft; die Hundeleine wickelte sich schon um die Rüstung, da befahl sein Herrchen: „Bei Fuß, Fido! Sofort.“

Klaus Müller hechtete auf das Podest, auf dem die Rüstung stand, schnappte sich den seltsam aufgeregt scheinenden Vierbeiner, und ließ ihn zu seinen Füßen wieder auf den mit Laminat ausgelegten Fußboden hinunter.

Vergebens, Fido sprang erneut zur Rüstung, schnüffelte hier, schnupperte dort, wedelte heftig mit seinem Schwanz und schien außer Rand und Band zu geraten, als sein Herrchen ihn erneut von dem Exponat fortzerren wollte.

Lissie, die wusste, dass Timo dem ehemaligen Kommissar erzählt hatte, er habe diese Rüstung einem Schrotthändler überlassen, verfolgte Fidos Auftritt mit wachsender Verzweiflung, während ihre Oma ihr amüsiert zuzwinkerte. Ob der Gestank, den der in der Rüstung untergebrachte Körper ausdünstet, noch wahrnehmbar ist?, überlegte Lissie. Für eine feine Hundenase bestimmt.

Der Marienkäfer musste einen Kopfstand unter ihrem Finger ertragen, und Lissie spürte, wie sie heftig zu schwitzen begann.

„Gehen wir", schlug Elvira leise an Lissie gewandt vor und ergriff die Hand ihrer Enkeltochter. „Bevor der Hund etwas ans Tageslicht zerrt, das besser dort bleiben sollte, wo es jetzt untergebracht ist."

„Wie seltsam", raunte Klaus Müller nur, als er, seinen Fido auf dem Arm, hinter ihnen ebenfalls zum Ausgang strebte. „Hast dir vielleicht ein Leckerli verdient, Fido. Wir werden sehen ..."